U0526689

人文诗散丛书

雨 田○著

大地的时光之痕

河北出版传媒集团
花山文艺出版社
河北·石家庄

图书在版编目（CIP）数据

大地的时光之痕 / 雨田著. -- 石家庄：花山文艺出版社，2023.10
（"诗人散文"丛书 / 霍俊明，商震，郝建国主编）
ISBN 978-7-5511-6447-4

Ⅰ．①大… Ⅱ．①雨… Ⅲ．①散文集－中国－当代 Ⅳ．①I267

中国国家版本馆CIP数据核字(2023)第017814号

丛 书 名：	"诗人散文"丛书
主 　 编：	霍俊明　商　震　郝建国
书 　 名：	大地的时光之痕
	Dadi de Shiguang zhi Hen
著 　 者：	雨　田
责任编辑	贺　进
责任校对	杨丽英
封面设计	王爱芹
内文制作	保定市万方数据处理有限公司
出版发行	花山文艺出版社（邮政编码：050061）
	（河北省石家庄市友谊北大街330号）
销售热线：	0311-88643299 / 96 / 17
印　　刷	河北新华第一印刷有限责任公司
经　　销	新华书店
开　　本	880 毫米×1230 毫米　1 / 32
印　　张	7.875
字　　数	150千字
版　　次	2023年10月第1版
	2023年10月第1次印刷
书　　号	ISBN 978-7-5511-6447-4
定　　价	52.00元

（版权所有　翻印必究·印装有误　负责调换）

目　录
CONTENTS

灵魂的湖　　　　　　　　　　　/ 001
阅读白玉村　　　　　　　　　　/ 005
无言的城市　　　　　　　　　　/ 012
精神的明灯　　　　　　　　　　/ 016
父亲的遗憾　　　　　　　　　　/ 021
精神贵族的梦幻与毁灭　　　　　/ 029
姿态：学习杜甫　　　　　　　　/ 051
骚动的巴蜀现代诗群　　　　　　/ 056
呼唤记忆中的精神河流　　　　　/ 064
作为诗歌的生命　　　　　　　　/ 069
精神帝国的守望　　　　　　　　/ 075
歌唱生命　歌唱死亡　　　　　　/ 080
诱惑的魅力　　　　　　　　　　/ 084
阅读青年诗人袁勇　　　　　　　/ 088
漂泊在江南的乡愁　　　　　　　/ 094

精神帝国的王子	/ 099
自由的尊严	/ 103
生命与精神中的诗句	/ 109
语言是诗歌的炼金术	/ 112
倾听到一种声音	/ 117
诗的生命与诗的价值	/ 120
燃亮的灯盏	/ 127
处于生命的过程之中	/ 133
心灵的海岸线	/ 138
守望圣土	/ 141
李白故里诗坛三剑客	/ 146
谈凸凹的诗	/ 154
烈焰或自我的隐喻	/ 160
西山子云亭	/ 168
沈家村的诗意	/ 171
爱情的独白	/ 174
生命的意义	/ 179
民族文化展现的形象	/ 185
诗之生命	/ 192

四川诗人	/ 198
沈家村读诗札记之一	/ 201
沈家村读诗札记之二	/ 209
沈家村读诗札记之三	/ 218
海子和他的诗	/ 225
游荡在记忆与记忆之间	/ 233
写作的命运（代跋）	/ 240

灵魂的湖

白马湖是个非常美丽的地方。我这个外乡人却说,白马湖是个精神与灵魂的家园。没到白马湖之前,我一直在想象白马湖是什么模样。鲜明?洁净?洒脱?神旷?我记得柳亚子先生情不自禁吟咏的诗句:"红树青山白马湖,雨丝烟楼两模糊。"应该说白马湖早就强烈彰显着我国江南文化的精髓:为追求自由与进步,充盈着饱满的灵气。

三面环山的白马湖静静的犹如少女。1919年,在这里诞生了一所名为春晖中学的乡间学校,白马湖的名字就开始亮丽起来。我认识白马湖是从读朱自清先生的散文《荷塘月色》开始的。在春晖,走在当年那条狭窄的煤屑路上,我不知自己是否在寻找先生的足迹。

路过春晖图书馆,我的存在让我记住那些曾经打动过我的地方,正是那些少许的僵死与陈腐,使它能与我相遇,而且永久地留在记忆里,感动着我,让我独自一人守望着属于自己的精神家园,倾听身体中血液的流动。

参观完学校的陈列馆，我独步在苏春门内的雨廊。在我看来，坐落于风光秀美的白马湖山野间的春晖中学为普通的每一个人的生命注入了一种汁液，遍布他们的身体，让每一个春晖人都有了属于自己的灵魂。春晖的每一棵树木都会说话，并绽放出生生不息的故事来，垒起了一代又一代人行走的路途。于是陈春澜、王佐、经亨颐三位巨人交心执手，在20世纪20年代初创办乡间中学；于是夏丏尊、丰子恺、朱自清、朱光潜、王任叔、匡互生执掌教席；于是何香凝、柳亚子、蔡元培、黄炎培、张闻天、李叔同、陈望道、刘大白、俞平伯、吴稚映等前来游学讲学。应该说，白马湖畔的春晖中学是英才荟萃、文人倾慕的地方。我千里迢迢从四川而来，只是一个朝圣者罢了。

白马湖靠山的小路旁边，整齐排列着一排不高的、有点儿像日本建筑风格的平房。它们是夏丏尊的"平屋"，朱自清的故居，丰子恺的"小杨柳屋"和李叔同的"晚晴山房"。坐落在白马湖旁的这排平房除了朴实、平淡外，还真有那么点儿别具一格的意味。

我从朱自清的居室出来，开始思索白马湖享誉文学摇篮的盛誉和奥秘。要知道，朱自清先生只在白马湖住了短短的两个年头，怎么会在这里写出《春晖的一月》《白水湖》《航船中的文明》《白马读书录》等流传天下的好文章呢？从某种意义上讲，白马湖在当年更是一个思想文化交流的中心。更多的人从晶莹纯洁到沉重的郁厚，他们的这种转变，为的是人类的正义、自由和在光明的道路上前行。蔡元培、黄炎培、叶圣陶、朱光潜他们不就是这样的人吗？我在他们面前是多么浅俗和内心卑微啊！

可以说，白马湖的真实吸引了那么多有个性的思想者和众多的名流。我想这一辈子不来白马湖感受一下她的静态与风姿算是白活了一场。

在朱自清旧居门前合影，闭着眼睛枯守着白马湖的宁静。充满生机的春天怎么说来就来了，我真的不敢看清湖面上催放出的艳丽的花朵。几滴春雨深入我的肌肤，我漫步在白马湖不知在想些什么。渐渐地，我把视线移到天空。天空开始没有飘动的云彩，不一会儿的工夫，有几块淡淡的云朵在白马湖上空开始移动起来。我站在湖边看那几块移动的云朵。身旁的柳树上有几只麻雀在跳来跳去，扇动翅膀的麻雀连看都不看我一眼，不时还发出一些叫声，充满了炫耀与自豪，真有那么点儿目中无人的感觉。白马湖上空的云朵还在移动着，湖面上几只游动的白鹅并没有打断我的思路：清而透明的湖水为每一位来白马湖的人的生命注入了一种新鲜的汁液。我在湖边的一棵大树下弯下腰，然后掬起一捧湖水，一种无法说清的感觉不经意地在我的灵魂上重重地划出一道痕迹。我不知道白马湖是否在瞬间修正了我，让我对自己微不足道的生命提出质问，把我的思想引向一个安静的居所，促使我的目光和思绪能够对世界上每一个人，进行审视。然后，寻找心灵中真正的精神家园。

白马湖是思想的湖，她促使来过这里的人产生灵魂。

一群又一群游人穿过春晖的校园远去了。而我不知道为什么还独自一人站在白马湖边沉默不语。此时，我多想给白马湖写上一首诗，道出我心中的情怀，可就是不知道该从何处下笔。

　　白马湖的柳枝在初春的风中摇荡着。柳树的影子和我的影子落在湖里，破碎若星。不多时，湖面上没有了风。阳光沉默。我的视线延伸到湖的对岸，远去的冬天像长满暗红色的铁锈，无声无息地落入季节的深处。有谁还在怀想那条狭狭的煤屑路的情景。那些走过此路的人，把自己的生命走得曲曲弯弯。

　　返回上虞城的路上，我反复地问自己。风风雨雨几十年里，白马湖的精神支柱究竟是什么？于是，我想起白马湖边一溜烟儿地排列着的平房：普通，朴实，平凡和平淡。其实这就是它的主人一身难得的风骨和品格。

　　是啊，到白马湖的人，都领略过白马湖的风是宜人的，也是自由的。如今，我的心头总是有一泊月色在默默地流淌，那月色是多么的平淡与平和。我想，那流淌在心里的月色肯定是白马湖的月色，肯定是白马湖边那排平房里的月色。其实，我早就知道，这样平淡、平和的月色里，浸满了那些传播真理、追求自由的人的真实灵魂。

2021-03-19

阅读白玉村

前几天的一个下午,我和一位文学朋友在芙蓉溪旁的李杜祠品茶谈诗歌。他问我:去唐代大诗人李白故里江油的白玉村,给你最深的感受或印象是什么?我很尴尬,我无法告诉他。我说,你不要急,让我好好想想。

我相信我的朋友他需要的不是一个简洁概括的答案,比如白玉村环境的优美,比如白玉村的宁静,比如白玉村村民的纯朴。他想知道的究竟是什么呢?我给他的茶杯里续上了开水,叫他喝茶。他放下手中的报纸,我没有问他看的是什么报纸。他说他看报纸没有什么目的,就是喜欢随便翻翻而已。

我的朋友从学校出来不久,在一家报社当实习记者。我坐在他的对面看他:唇上冒出了胡须,软软的,不像我的胡须那么多、那么尖硬。笑容从他的唇边荡漾开来,他很羞怯,看上去还真像是个孩子。

我想要是年轮能倒转的话,我会像我的朋友一样年轻。而现在,是因为我有着太多的苍老。是的,我走过的路不知有多少条，论年龄我是他的兄长，我也知道衡量一个人的能力并非是从年龄的大小。

作为诗人，我的确很惭愧。我虽然去过几次白玉村，但我真的没能读懂白玉村的含义，这是我的无能。

五月的某天上午，我随中国作家采风团"李白故里行"的日程安排再次来到白玉村。我们的车队路过一片桃林时，负责接待的领导让队伍停下，指着挂满鲜红果子的桃林说："这是白玉村从美国引进的油桃，香甜可口，请作家们、诗人们自由品尝。"还没有等我反应过来，老徐刚、韩作荣、刘醒龙、邱华栋等就消失在桃林之中了。

在白玉村的桃林，我看见那些被风吹落的果子，那些青翠欲滴，还没有成熟就坠落的果子，我有点儿伤感。我想，那些躺在泥地里的果子，它们不再有阳光，不再有根的养分，它们会很快变红或发黄，然后腐烂，被泥土吞掉。

现在不是川西北丘陵最热的时候，只是老天许久没有下雨，阳光烙在背上，似乎有皮肤烤焦的感觉。这几天，我们渴望清凉，渴望有一股冷风吹来，让我们不再被初夏的暑热蒸腾。

浅丘腹地的白玉村，安县、绵阳涪城和江油三县市交界地带，方圆万余亩的茫茫果树林，枇杷、桃树、梨树和柑柚等汇集、铺成一块绿色的青玉，惊世骇俗而一望无际。白玉村的夏天是清凉的。在村里，风从泉水湾，从猛虎山的山坳吹来，风像天空的白云，轻柔，透明，洁净。风流过我们的皮肤，让我们想到丝绸，想到穿行于村庄的溪流，想到充满我们灵魂的诗歌，这就是山清水秀、花香果甜惹人醉的白玉村。

我真的可以这么说，白玉村的美令我吃惊，果林如绿色的大海汹涌起伏，一样神秘，一样变幻。在白玉村，每一棵果树都体现着它自身的形象和价值。这难道不是白玉村给我最深的感受吗？这几年，白玉村的生态观光吸引了成都、重庆、绵阳等地的许多厌倦城市生活的游人来这里观光、度假。

记得是今年春天，我在白玉村看到了一棵神秘的李树。这温暖的上午，我感到头顶上的阳光在微笑。那棵神秘的李树仿佛是它这一生的最初，又如同是我一生的最终。当我第一眼看见它的时候，不知为什么，我就认定那一棵神秘的李树为我在山坡上站了多年，等待着此时的相遇。汽车穿越西南科技大学的老校区，只见山村的公路向北伸去，那一棵开满白色李花的树在我的视野里旋转着自己，仿佛是在展示她自己高贵的身体，就像漂亮的模特在向我们展现她的左侧、右侧、后背和前胸。很美的一棵树，我只能隔着一层玻璃看她，而此时我只在回忆中默默地爱着她。如果我当时不放弃最初的想法，下车，然后叫上同车的人走到树的面前，那棵树会不会突然解开树叶和纯洁的白花，让我们看到她最为热烈的内心？一个美神的内心。

行走在白玉村时，我已经没有了太多的话语。从字典里认识的"果园"这个词语，我在白玉村才真正地领悟它的含义：带着蜜桃的气息，带着香梨的气息，带着柚子的气息，当然更带着枇杷的气息。白玉村的枇杷，这几年是出了名的。我们采风来到白玉村时，是他们刚举行过首届枇杷节之后。透过车窗，远远就可以看到，一枚枚鸡蛋大的果实，黄黄的，暗藏在茂盛的枝叶间。不用去问谁，那肯定是成熟的枇杷。枇杷我当然吃过，就更不用说见过了。不过，第一次看见这一大片接一大片的枇杷林还是吃惊的。一进白玉村，无论你走多远，你的前后左右都是枇杷林。听人说，仅枇杷就有六千余亩，这难道不是枇杷的世界吗？我在白玉村还是第一次吃那么大的枇杷，一枚足足有二三两，那浓浓的香甜味是无法用语言来形容的。我只能说白玉村的枇杷绝。

其实白玉村是一部书，一部关于树木的书。谁都清楚，树叶是树的身体上最敏感、最迷人的部分。应该说树叶不是树的衣服，而是树的肌肉。以一年为一生，冬天长眠，春天再生。她反复地生死，又反复地死生，就是为了拯救在一个春天的黄昏仰望着她的眼睛。我是没有能力进入白玉村树木的身体的，我只能把自己的十指伸入她的枝中，和她一起握住这村庄的阳光、月色、雨水、风声、鸟鸣……使整个白玉村的花香、鸟语和树木成为我的记忆。

我眼前这个五十多岁的男人叫邓怀才，只有小学四年级的文化，是四川蓬溪人，他质朴的外表、朴素的话语、沉敛的眼神和稳重的性格，这些个人化的特征从某种意义上讲，就是一个务实的人的基本素质。20世纪60年代初，因老家穷，三兄弟跟着父亲，从蓬溪迁至安县与江油毗邻的一个乡村，后来因修水库占了田地，再次移居到了这里。邓怀才从生产队的副业组长到队长、村主任，一直到现在的村支部书记，近三十年的风风雨雨，似乎都写在他的脸上。那是极具中国农民特色的脸：朴实、厚道、沧桑。一说话就笑，微眯着双眼，给人憨实、和善和一种自信的感觉。他一双粗糙有力的大手，一会儿放在桌面上，一会儿放在膝盖上，多少有那么一点儿手足无措。尽管他有时也西装革履，讲话的中途，腰间也偶尔有手机的铃声响起。那种神情举止，却让人怎么也不敢相信，他是上过大场合，见过大人物的人。

说到白玉村的变迁，老邓心里有一盘全局的棋，所以他讲得有条有理。从某种意义上讲，他是白玉村三十多年历史的见证者。记得还是"割资本主义尾巴"的年代，他就开始在家里的自留地偷学种植西瓜、葡萄等水果，怕人知道，他只有半夜偷偷弄到几十里外的城里去卖。实行土地承包责任制后，他又率先在田地里大规模种植水果，记得几次去卖水果时，天下着大雨，拉水果的小四轮拖拉机陷在泥里。他不得不跳下去推车，稀泥弄得一身，变成了泥人。刚走出饥荒岁月，人们普遍担心吃不饱肚子的时候，他就大大向前迈了一步，难道说迈这种步子不需要勇气和远见卓识吗？而正是这种勇气，邓怀才率先富了起来；也正是这种远见卓识，他自己富起来后，不忘记带领大家共同富裕。事实也是这样，白玉村在邓怀才的带动下，一亩亩优良的葡萄种起来了，一亩亩桃梨种起来了，一亩亩香甜的柚子种起来了。然后，让我们看到的，更有经济效益的枇杷也种起来了。白玉村正是因为种植水果，全然改变了穷的面貌。

现在的白玉村，水清、山绿、花果飘香。那种"养女莫嫁唐家坪（白玉村过去的俗名），红苕芋子胀死人"的穷日子不在了。

"菜花黄，李花白，橘柚花开似香雪"，这是我今年初春在白玉村小学教学大楼前看见的垂挂的标语，我并没有在意它是否有诗意，我只注意到了孩子们童真的读书声，他们的激情与大自然的激情合为一体。我想，这些孩子的命运与白玉村每一片树叶连接在一起，学校是他们的另一座村庄，更是他们成长的摇篮。我认识这里的校长，他叫王荣健，在本村土生土长，1979年高中毕业回到村里当上了民办教师，后来转为正式教师又做了校长。王校长没有与我讲普通话，脸上浮现白玉村人的那种真诚的微笑。他也西装革履，与城里人不一样的是没有翩然的风度与滔滔不绝的雄辩，只有土地一样的质朴和平凡，可以说他为白玉村的未来奉献的品质是珍贵的。就在这所小学校的旁边，生活以千百种媚态向他施以诱惑。村上的公路已通向外面的世界了。我们握手告别时，王校长什么话也没有对我说，只是憨厚地微笑，我从他微笑的脸上读懂他的心灵：白玉村的教育大业离不开他。

如今白玉村的光泽度更亮了，不仅能吸引更多的人前来投资，还引来真正的"金凤凰"。现在的村妇女主任二十三岁，叫赵燕，是几年前随剧团来白玉村演戏的，不知是这里的山水迷人，还是这里的小伙迷人，没想到，真是一见钟情，竟舍不得离开而嫁到白玉村来了。不相信你听,她谈起白玉村的昨天、今天和明天,一样的头头是道,一样充满激情,一样充满希望。

白玉村从前外出打工的人不少,现在不仅没有了外出打工的人,而且还把成都、绵阳、江油等地的城里人吸引了不少到白玉村来打工。这算是我对白玉村最深的感受了吗?我想不好。我知道深浅只是一种比较,而对不同事物的不同感受是无法也是不能比较的。

我真的把白玉村这部书读懂了吗?谁也不知道我的答案是什么。

写到这里,我想起我的朋友、江油土生土长的诗人蒋雪峰去年在"涪江丽苑杯"李白故里世界华文诗词大奖赛中获奖诗歌《在江油》的诗句:

……在路上阅读写作已成为风景/直到命运里出现敦煌和雪峰/现在我已被经历的岁月阉割/江油就是皇宫/我无力离开一步

白玉村是一首耐读的诗。谁也无法指责我把白玉村想象成一首耐读、意味深长的诗篇,就是李白活到今天的话,他也无法指责我的想象和感受。我几次阅读白玉村这首诗篇,是那么干净而又彻底。我在白玉村的面前已经没有了语言!

2019-5-18

无言的城市

有时候，城市的景象令我深深着迷。记得有一天早晨，太阳带着伤感的表情从富乐山的背后升起，我在房顶给鸽子喂食添水。阳光直接照着我，就像是悬在我们这座城市上空温润的嘴唇，吐露着谁都无法说清楚的话语。而我们这座城市远处的风景也一点点地虚幻起来，像来自我少年时的一段岁月。我不知道自己为什么会很快意识到，在我们脚下的这块沉重的土地上有无数生命在不停地呼吸着，而且有嗅觉，有听觉，并能感知其内部所有的变化，只是我不太愿意去思考、去想自己不该想的问题。有时候，我真的愿意在阳光和空气间获得巨大的满足，因为养育我的这块土地就是我精神的生灵。它的部分肢体已经被人割去，或正在割去。新的生命能从残骸中再生、能从不该是废墟的废墟中重新建立吗？

也许在那一刻我真的很富有！眼前的空旷和天空，无垠的地平线，奔流不息的涪江穿城而过，站立在云霞中的楼群……这真实或虚空中的一切深深地打动着我，并在我的心里占有一席之地。它们是我在这座城市生活的一部分，更是我写作的直接的源头，我可以任意去想象、去描述、去叙说、去评判、去感动和发现新的东西。我深深地知道这一点，无语的城市蕴含着一种谁也说不清的巨大的力量，它们犹如熊熊的烈火停留在我的内心，其焰犹如永恒的精神光芒或思想之光，照亮这庞大得近乎虚无的世界，然后再进入我的内心。

居住在这座无言的城市，我不止一次思量那条穿城而过叫作涪江的河流。在我的记忆与想象里，那条河流从来都不只是一条河道与一河江水，还包含了河流上游两岸的大山和村庄。而在我的眼里，那条河流才是永恒的河流。

我的写作就是在这种强烈的感受驱动下开始的，它最初的缘由，可以是我饥饿着在散发臭气的铁牛街漫步，在翠花街口发现的一朵微笑，在孤独的冬天一次次地远行……这种生活的真实体验，一度使我想要远离身边的这座城市，向往在神秘中去倾听，在神秘中去思考，在神秘中去写作。其实我知道，这个时代根本无视那些面向神秘世界敬畏颤抖的灵魂，当我一再地说神秘，有的人却把它当作虚假，然而那恰恰就是最接近真实的东西。

我不止一次地想起我居住的这座城市。我把这座城市想象为风雨飘摇的世界中的一叶小舟。当我在几年前看到这座城市一张 20 世纪 70 年代的旧照片，被时间坚韧的蚀刻力量所震惊。我觉得我无力去描摹出它几十年的沧桑的脸。我像一个梦中的游客，在这座城市的城墙遗址旁边、陈旧的钟楼下、残破的石桥上和断裂的河堤上游荡。我发觉，几十年来这座城市看起来几乎是静止的，而眼下却无时无刻不在变化之中。我发现自己也像这座城市一样在经历着不断升华的死亡与生存。晚风不断地撞在滨河路上，又不时回旋过来，卷起陈旧的回忆在夜空中飞扬。我对这座城市，这个世界，重新进行体认。

至今，我都记得这座城市古三国文化的辉煌。也不知道为什么，就在近些年，高新区火炬大厦前面的人体石雕和位于城中心的兴力达广场上的人体雕塑，有的人会说这些艺术品"黄色""低级"。难道说只有坐落在芙蓉溪畔像儿童乐园的科技博物馆才叫文化吗？我始终相信，一座城市能永久性地传承下去的只能是文化，而不是别的什么东西。我为自己居住在这座城市感到不安。

我还想起许多这座城市曾经有过的人和事。诗人杜甫当年垂钓的东津渡，欧阳修看月亮的六一堂，扬雄的读书台子云亭，小麦专家冯达仕……都是这座城市文化的亮点，是这座城市文化史中的重要组成部分。历史上，那么多人从这里匆匆走过，我居住的城市如此寂静着。这种寂静在时不时地打动着我，使我产生想象空间，这种想象空间没有界限，没有终极。

生活在这座被岁月掩盖的城市，我被一种神秘震撼着，我多么想这座城市能尽快地美丽起来，我在内心深处体验这座城市的隐秘存在。记得在许多个夜晚，我行走在这座城市的东津路上，倾听、思考，用最大胆的想象来抵达真实。

我居住的这座城市是无言的，这不是无奈。我很清楚，无言的城市是存在着的。我明白自己作为诗人的无能很真实。然而,我更明白我的写作应该明晰地达到自己要表达的目的。栖居在这座生灵注视着的无言的城市,风景倏忽,我只能思想。

2018-7-27

精神的明灯

一

三月的阳光从天空自由地落下的时候，川西北田坝里的油茶花黄成一片。春天的气息和阳光的气息在掠过的河流上弥漫着，在村庄，在山涧，在一条叫作涪江的河流上弥漫着。我生命中最疼痛的忧伤，总是被田野和村庄这样浅薄的景色所掩饰。

正是这个时候，我们乘车去诗仙李白故里的四川江油，参加青莲诗社为左代富先生举办的《涪水行吟》诗词集作品讨论会。一路上，我在想这样的问题：盛唐大诗人李白离我们已有1300多年的历史。江油养育了李白，江油这片土地是诗歌的土地。难道不是这样的吗？从古至今诗歌与江油就有着不可分割的渊源，也可以说这是一种缘分。一种江油与诗歌的缘分。几年前，我写过《李白故里诗坛三剑客》一文（《文学自由谈》，2002年5期），比较全面地论述了活跃在巴蜀诗坛、现生活和居住在江油的实力诗人蒋雪峰、陈大华、蒲永见的诗歌。在三剑客中，只有蒋雪峰出生在诗仙李白故里江油，陈大华和蒲永见分别出生在四川境内的剑阁、射洪，但他俩后来到了江油，诗性大增，这不能说他们与养育诗仙李白、生长诗歌的江油这片土地没有缘分吧？对他们和江油更多热爱诗歌的人们而言，生活只是一种活着的形式。而热爱诗歌、写诗歌则是另一种有着深远意义的活法。

难怪青莲诗社的参与者遍及全国各地。

二

四川江油的青莲诗社是1987年10月成立的民间组织，著名诗人臧克家在世时曾题写社名。首任社长丁稚鸿老先生介绍说：青莲诗社有诗友三百多人，常年坚持参加诗社活动的就有一百多人。丁稚鸿毕业于四川师范大学中文系，曾在江油师范学校教书二十多年，主持过李白纪念馆的工作，先后在国内外报刊上发表数百篇研究李白诗歌的论文、散文、文艺随笔和诗词，出版了《听雨轩诗联集》等著作。为弘扬李白文化，他无私奉献，团结诗友，实为青莲诗社的领头羊。

我知道，青莲诗社从成立以来，坚持召开创作研讨会、学术座谈会和年会。诗友们走在一起交流诗作，切磋诗艺，对古体诗词的继承和创新、时代特色、格律音韵等进行过广泛的学术交流和研讨。编辑出版诗报选刊选集《青莲》《乐为集》《李白故里新咏》《九九放歌》《莲韵飘香》《青莲诗词》和诗友个人诗集或者专著四十多种，诗社成员先后在《诗刊》《人民日报》《中华诗词》《星星》等报刊发表诗歌、诗词一万余首。应该说江油不仅是诗仙李白的故乡，更是华夏诗歌的故土！

2001年秋天，青莲诗社配合中国文联、中国作家协会等机构举办李白诞辰1300周年大型诗歌活动，给李白故里诗仙之乡，今日华夏诗城增色添彩，获得了良好的社会效益，扩大了江油对外的影响。作为诗歌信徒的我，多次应邀参加青莲诗社的活动，我认识了丁稚鸿、黄励惇、蒋雪峰、陈大华、蒲永见、敬永谅、吴丹雨、丁大沛、赵和泉、刘强、董智、蒋晓青、何大川、丁颖等诗歌同道，他们所创作的优秀诗篇早就印在我的脑海。

是这样的，有诗歌为证。

三

记得是多年前，我陪中国作家代表团的蒋子龙、舒婷和莫言等到江油参加李白诞辰1300周年的纪念活动时，不知为什么产生这样的感觉：江油，这块富饶的土地不仅生长着稻谷、麦子、土豆、玉米和甜美的水果，不仅生产着石油、水泥和钢铁，而且还浩浩荡荡地生长着诗歌，生长着诗人。可以说，江油的山山水水就是养育诗人的土地。

我们知道，青莲诗社创立之初是一个以李白故里江油为轴心的一批诗词爱好者组织起来的民间诗社。诗友相聚在一起少不了说文论诗。他们认为古体诗词是我国优秀传统文化的重要载体，研究和创作古体诗词也是继承优秀传统文化、推动爱国主义教育的一个重要方面。学习、研究和发展古体诗词，对弘扬李白文化精神、建设先进文化、树立华夏诗城江油对外的形象，无疑将起到积极的推进作用。

岁月，有时看似漫长，但有时却又觉得只是短暂的一瞬。什么都将老去，唯有江油这块土地上生长的诗歌，如三月间温暖的阳光永远绽放在巴蜀大地。

四

青莲诗社创立以来与国内二十多个诗词学会、诗社以及美国、日本、新加坡等地的诗歌组织均有联系和交往。《人民日报》曾以"李白故里诗风盛"为题，对青莲诗社的学术交流、诗歌创作活动做过深度报道。是的，青莲诗社的同道写古诗也写新诗，写长调也写短令。他们歌颂美好，针砭时弊，呼唤诗教回归。

对于绽放绚丽光焰的李白故里的诗歌、诗词，我只能充满敬意地仰望；对于生长和生活在李白故里的诗人，我只能真诚地说出自己的心里话：你们才是一棵又一棵坚挺生命锐气的精神之树。你们无怨无悔地坚守着的依然是诗歌、诗词的岛屿。

在这里，我想说，我敢说：诗歌是我们生命中一盏共同的精神明灯，它将照亮中华民族的未来。

本文算是与江油的诗人和青莲诗社同道的共勉。

2019-03-03

父亲的遗憾

一

每个人都有难以忘怀的记忆,我童年的记忆由和父亲的一些与酒相关的,又被时序颠倒的画面组成,仿佛是一幅悲凉的水墨画,让人哭笑不得。

父亲名雷朝森,是我们雷家的老大;老二是我幺爸,叫雷朝林,他是一个修成昆铁路的工人。爷爷就养了这么两个儿子。

如果我没有记错的话,父亲生在1926年,曾读过私塾,会拨打算盘,能写一手当地人称赞的毛笔字和钢笔字。父亲曾是中国农业银行、农村信用社的职员,后来又在公社和大队当过多年的会计,在石马坝小镇上算是有文化有脸面的人物。

我记忆中的父亲,在石马坝小镇和其他的人显然有别。无论是在外面还是回到家里,他经常穿着那件洗得泛白、有四个兜的深灰色布料的中山装,虽然我母亲用歪斜的粗线在上面缝了几块补丁,但看上去永远都是干干净净的。父亲的个子不高，大概只有一米六五，但他泛白中山装的左上兜里，时时插着一支英雄牌钢笔——这件被岁月洗白的中山装和这支充满理想或梦想的钢笔，也许是父亲作为本乡本土文化人的唯一标记。当然也包括父亲花白的头发，始终保持着一种向右梳倒的发型风格。

可以想象，在那个暴风骤雨的时代，父亲作为乡村的文化人，看上去派头十足，能成为我童年的偶像也没有什么奇怪的。

二

我发现父亲爱喝酒，他是在这样两种情况下喝酒：一种是干农活太累，回到家喝点儿酒解些疲劳；另一种就是心闷，有解不开的心事时喝酒。他喝的酒都是当地小酒坊烧的劣等红苕酒、甘蔗酒之类的酒，在我的记忆里，父亲喝的最好的酒就是当年的绵竹大曲。

在家乡石马坝，有几家小酒坊。这种小酒坊不是常年都在酿酒，而是一年只有一次或两次酿酒的时机。冬天是酿酒的季节，平时冷漠破败的酒坊便热闹起来，酿酒灶膛大火燃烧，整个酒坊烟雾缭绕，热气腾腾。

小时候，父亲对我们兄弟姐妹管教特别严，绝不让我们沾上社会上的恶习，他认为喝酒也是恶习之一。父亲禁止我们沾酒，自然有他的道理。他曾经对我们兄弟姐妹说过这样的话：一个人以后要有点儿出息，就不要去沾烟（鸦片烟）、酒、赌、嫖。只要沾上这些，肯定没出息。更何况我从小就想成为一个有点儿出息的人，所以童年和少年，我都滴酒未沾。

三

记得是"文革"开始的那年秋天的一个夜里，手臂上戴着"卫星公社火山战斗队"红色袖章的父亲从外面回到家里闷闷不乐，一言不发地坐在矮板凳上，昏暗的油灯下，父亲的痴呆模样显得让人难以理解。不知过了多久，煮完猪食的母亲从睡屋拎出半瓶红苕酒放在父亲旁边的石磙上，然后取下墙上的笆笼倒了些带壳花生。父亲把酒瓶里的酒倒了一多半在土巴碗里，一个人独自喝了起来。

后来我才知道，父亲是"火山战斗队"的骨干。因为他有文化，能写会算，上面要求他整理被揪出来和准备揪出的"当权派"和"走资派"材料，父亲不愿干。他认为那些人只是强调了农民要以种田种地为主，只是为农民说些农民想说而不敢说的话。而我父亲又是一个性格直率、特别认真的人，就当时的环境来说，你能说他的内心不愁闷吗？是啊，一个人独自喝着闷酒总是有原因的。

当天过后约第三天的深夜。坐在油灯旁纳鞋底的母亲对我说："老二，去看看你爸，这么晚了咋还不回来。"实话说吧，我小时候最怕黑，但母亲的话我又不敢不听。

拉开门，眼前这样如墨的黑夜，让我幼小的心灵多了几分恐惧。此时此刻,我多么想眼前能有一丝亮光照亮脚下的小路,哪怕只有细细的一丝亮光,也能够驱散我内心几许的黑暗。

出门不远处,一个踉踉跄跄的黑影高一脚低一脚地走着外八字的方步,一股红苕酒味的酒气袭来,我认定是父亲酒喝多了,不敢喊他,只好捂着鼻子绕到他的身后,随他而行。本来几分钟就可以到家的,父亲还在翻来覆去、颠三倒四地大声说些什么,我一句都没有记住,只记得他用脚跺着路面的不平和用拳头砸墙的动作。谁也没有想到黑咕隆咚的夜里,在家门口父亲竟然滑稽地用五音不全的破嗓门儿唱起了"大海航行靠舵手,万物生长靠太阳……"。

又过了几天,生产队晒坝召开批斗地富反分子大会,父亲被民兵用枪押到会场……

一个人的一生难道就这样永远地充满着相互的仇恨吗?酒可以说是生活里的兴奋剂,但在那个特殊的年代,独自喝酒只能是我父亲解闷的一种表达方式。

父亲挨批斗的那天晚上,他在家里独自一个人喝完闷酒后恼怒地把酒瓶、酒碗砸得粉碎,这是我亲眼看见的,也是我有生以来头一次看见父亲发这么大的怒火。

四

酒在我童年和少年的时代就是一剂毒药。记得五岁时,肚子饿得发慌的我偷吃了半碗母亲酿制的醪糟，不到十分钟脸就开始发烫，心里像火烧一样极度地难受了好几天。

我第一次沾白酒，是1975年夏天在巴林右旗部队服兵役的时候。当时我在业余时间写诗歌、散文、短篇小说之类的东西，听从上级的安排，我参加师政治部在师教导队举办的为期二十天的文艺创作班。一天下午，听完同期参加创作班的战友胡宏伟介绍他如何创作歌词的经验后，教导队的教官、老乡曾乐生已在门口等候我，说去师招待所另一个老乡、战友石良平那里，我向班长请了假就跟着曾乐生去了。

黄昏，石良平从招待所食堂出来，他边走还边用手上的白色工作服裹着手上的饭盒。几分钟后，他又从他住的房间抱出一瓶用旧报纸包裹的酒来。什么酒？事先曾乐生和我都不知道。石良平把酒和饭盒交给曾乐生，他又去食堂取来碗、筷子。

三个人东想西想，很难确定在什么地点把手中这瓶酒消灭掉。

我们三人像小偷一样躲在招待所最西边的一辆解放军车后面，席地铺上报纸，屁股不沾地地蹲着。石良平打开饭盒，我看见满满一盒的猪头肉时食欲大增。待曾乐生把裹酒的报纸撕开，我才知道是瓶茅台酒。过去只是听说过，二十来岁的我头一次见到茅台酒也没激动，就是那样平平淡淡的。

实话说吧，我当初十分不愿喝，因为之前从没有沾过一滴白酒，不知白酒是什么滋味。经曾乐生、石良平左劝右说，我端起酒碗，闭上眼睛只喝了一点点。我的第一感觉就是除了浓烈的味道和耳热外，就是还有一丝丝纯正的香甜在回味着。几大口下去，浓浓的芬芳四溢起来。

后来才知道，我们当年喝的那瓶茅台酒是石良平在家乡地区川剧团当司鼓的父亲专门托探亲的战友带到部队去的。

五

有时候，我思考着这样的问题，酒这玩意儿到底是什么东西呢？它不就是以水为形影、以火为性格的液体吗？历史上，酒害了很多人，酒也成就了很多人。

1976年秋天，我从部队驻地东北回四川探亲，转车路过北京时，专门为父亲买了两瓶斤装二锅头。

就在我探亲的日子里，我惊奇地发现四年没见面的父亲跟以前完全变了样，他不怎么再喝闷酒了。而他喝酒的动作，也慢慢地变得协调有致。他说话的声音，要比以前小得多。除了这些外，我还小心翼翼地看见他用刮胡刀刮络腮胡子笨拙的样子和抓耳挠腮的动作，显得都有些古怪和陌生。

我从来没有和父亲出过一次远门。探亲期间，我计划尽点儿当儿子的孝心，陪父亲到外面走走，比如说去古都西安、去四季如春的云南看看，可父亲就是不愿意。后来，在我和母亲再三的劝说下，他终于答应和我一起到成都、自贡两地转转。

路途上，父亲常常一言不发，这让当时的气氛显得多少有些沉闷，而父亲的脸部除了有点儿浮肿外，还多了些呆滞。几

年前,我在《穿过成都的飞鸟》一诗的开篇中写道:

  我已记不清是否有阳光 记不清多少年以前
  父亲同我奔自贡路过此地 寒风吹着转动的车轮
  驾驶着卡车的人是什么模样我早已记不清
  是这样的 岁月使我流泪的不是诗句 我跟随父亲
  一直往前赶路 没有语言 更没有隐喻
  脚下的路不断延伸 我不知道路的尽头在哪

  成都幺舅家,父亲显得十分沉默,他只喝了不足一两酒。

  父亲为什么答应去自贡?我哥雷光廷"文革"前考进西南一所重点中专院校,毕业后被分配在自贡一家国企当工人,家也安在自贡。奇怪的是,父亲在哥哥家里喝了不少的酒。嫂子是自贡城里人,她有不少的亲戚都是自贡城里有脸面的人物,嫂子又是她们家的老大,我哥家里自然就不会缺酒。

  哥给父亲喝的是好酒,虽然玻璃瓶子上没有商标,但哥端起酒杯告诉父亲,说喝的是从宜宾酒厂搞出来的内部酒。看见父亲喝酒高兴的神态,我激动地举着酒杯给父亲敬酒,并不停地给父亲许诺,说下次一定要让他喝上最好的酒——茅台。谁知道,我的这一许诺却变成了父亲的遗憾。

  谁能说得清,人生到底有多少这样值得开怀痛饮的场合,欢乐和悲伤都不应该没有酒。这也许就是人们常说的"一醉方休"的境界吧。

1977年元旦刚过不久，我在部队突然收到父亲病故的电报，如晴天霹雳一般。拿着电报双手发抖的我不相信几个月前与我共饮的父亲会病故，于是就给在粮食部门上班的大舅发回一封疑问电报。两天后，大舅回复的电报说父亲病故是真的。

这天下午，我跪在长白山的雪野里号啕大哭。晚上，我独自一人用白酒把自己灌醉。

后来母亲告诉我，说父亲得的是肺结核。他在半年前就独自去医院检查过身体。那时家里穷，父亲没有钱住院，再加上两个弟弟和两个妹妹都在上学。父亲能做的只是默默地把体检报告的结果装在自己的衣兜里，直到母亲清理他的遗物时才发现。

父亲离开我们时只有五十岁。这些年的清明节，我们兄弟姐妹几家人，除了在父亲坟前烧些纸钱外，都会提着白酒，给天堂里的父亲敬上几杯，父亲在世时除了抽点儿叶子烟外，就好这么一口。

上月底，和朋友畅饮时，我想起了我的父亲，也想起了我对父亲的许诺。

2020-11-21

精神贵族的梦幻与毁灭

某年某月某日

你可以把这些真诚的文字看成是无病呻吟,因为它来自我内心深处的痛。作为一种怀念,那些已经过去了的岁月因为遥远而变得格外的真切,尽管有的仅仅是一种梦幻。此刻,音乐正打击着我,许多美好的时光过去了,我和我真诚的朋友们正在为生存而寻找着真理。心绪依旧,瑟瑟如弦,作为人的一种祭奠,它将自己的梦幻化为文字供奉于神的灵堂。我们能是谁?当一阵暴风走过之后,我们没有用试图建立生活空间的手掩住自己苍白的面孔。在许多个夜晚,我的眼睛怎么也闭不上,我的心灵承受着一代人的苦难。也许,悲剧的种子就这样深深地种进了我的心灵。生活正发生着的变化,我不想知道我的灵魂正承受着什么。我始终不能忍受的是那些背叛自己心灵的人。

谁也无法知道死神时时都在召唤着我,诗人本身就是背着沉重的十字架向地狱靠近的人。作为一种存在，我只能用心灵在黑暗里去寻找或感受某种光明的东西，某种真实是无法用语言表达的。

悲剧对于我来说并不是灾难。我的思维在沉睡吗？一望无际的现实如铁板横在眼前，我们别无选择。时代交付我们的是一种什么样的本质，梦境与现实常常对视着。难道走出梦境后又陷入梦境也是一种活法吗？我们如此手忙脚乱，而我们不能丧失生存的信念，我们是有血有肉的男人或女人，我们的敌人不是别人而是我们自己。

某年某月某日

写作，在春天欣赏音乐，我觉得自己还像一个人。

我在灾难的峡谷里无力地挣扎着，拖着沉重的脚步，可怎么也迈不出孤独的掌心。赶快瞧啊：我的孤独是一座巨大的庄园，耸立于旷古的长满荒草的原野，太阳的光芒照亮过去。而我深深地知道孤独也是一种死亡，差异仅仅在于方式不同而已。

艺术的生命是永恒的，我恨我的创作目前缺乏一种冲劲，难怪西克说我在"吃过去的老本"。艺术的大门随时都是向我打开的，要走进去是需要代价的，里面是天堂或是地狱，对我来说，该怎样走进去呢？布满乌云的天空电闪雷鸣，谁体无完肤、面目全非？

我还是我吗？我说我爱，但我不能将心灵内外的信息告诉谁，我要用自己的高贵在灾难内部破坏和建设。世界渺小了许多，而我的身影由此高大起来。

某年某月某日

诗人在表达他个人对生活的观点时，也表达了一代人或几代人的梦幻与希望，他认为这些人是和自己一致的。我的诗歌是在宁静中产生的，我热爱着古老的民族，我的血液里浸透了民族精神，正因如此，我热情地献身于中国文学艺术，从最深刻的无意识中渗透出与人类的一致性。

我的天性也许就是这样，我体味着别人无法体味的痛苦，但我并不悲观或失望，我对自己的价值充满了信心，在体味人间的痛苦时也体味着一份别人无法体味的厚重的爱。

现在，我的心中只有回忆，似乎我曾经的生活中有过一种盛大的光荣，繁荣而又热烈，那生活真正地令人心自由而又生动着。高尚的品格以及严谨的理性，正义与公理，人性以及法则以高贵的姿态存在着，是这样一清二楚而又明明白白地存在于心灵内外，一种安定、一种堂皇竟如此清楚而又亲切。记得我曾在黄昏，看着在幸福漫步的人，夕阳照在他们的脸上，微风给他们带来空前的幸福。他们在谈着话，谈论爱情与哲学，谈论人生最大的心灵与情感的波动。月光从宁静的夜晚流泻下来，冲洗着城市白天的骚动与喧哗，头上的风带来了郊外泥土的气息。这时候，幻想着的爱情和幻想着的真理如同一位美妙而动人的少女微笑着走进我的生活的深处。

我的确一无所有。属于我的只有梦幻也只能有梦幻。

是这样的，每一代人都有他们自己难唱的一首歌，也许我们这一代人要唱出自己的心声就更难了。难道说我的梦幻就破灭了吗？我深刻地感到我的孤独是真实的、是巨大的。这孤独的力量已经照亮了我的过去。我不能去深想这种孤独就是一种死亡。

我和我的同代人无法去弄清什么叫现实的道理。我不知道这是或者不是我们这一代人的人生悲剧。

养育我的乡村远去了，而现在我所居住和面对的都是同一座贫血的城市。是这秃鹫般的灰色城市让我沦陷了，沦陷为一个只剩下心灵属于自己的一个极为普通的人。

我远离了母亲一样宽阔的乡村，我脚下的城市却是如此的渺小。

某年某月某日

失败和经验告诫我，生活在这个社会事事要倍加小心，因为人们的生存态度是无法统一的，还谈什么理解呢。我知道自己的一举一动是逃不过别人的眼睛的。不知道是在梦中还是现实里，我感觉自己正在被别人吞噬着，我开始怀疑自己是否存在，我追求着真理，向往未来，不就是比别人要真实一些吗？

正因如此，我所受的侮辱和痛苦要比别人多得多，但我的精神并没有麻木。我在理性的支配下，实实在在地做人，清清醒醒地写作，贫贫穷穷地过日子。

作为一个诗人，无论是生活或是他的作品都应该有自己的独到之处，这种独到之处不是诗歌的形式和技艺问题，而是聚合人本身潜意识的多层次的经验：在表现自己的同时，要揭示和批判自己，更重要的一点是要增强诗人自己的人格力量。

诗的生命是向人类的无限奉献。我们没有忘记思考与探索，我常常想起我和朋友们的心灵正在承受着一些不应是我们承受的东西。而这一切比什么都残酷，谁让我们是诗人呢？

诗人真可怜啊！

某年某月某日

不应该向谁讲自己的过去。有生以来，还是第一次与女孩面对面地坐着，并流出了眼泪。这不是梦，这是事实，叫我实在难以忘怀呀。

我天生就很脆弱，容易被别人的不幸打动，特别是容易被女孩子的真诚打动，虽然我过去被恨过、伤害过、践踏过和抛弃过。也许许多艺术大师都是这样的，他们的疼痛就是他们的财富。

我们在一起谈话并不感到很累，而是很轻松，我发现她有一种别的女性无法比的高贵，这种高贵深藏在内心不在外表，她的感染力就不是虚的；我能感觉到她的痛苦在逐渐地加剧，我无法用手抓住这种痛苦，更无法对这种痛苦张开嘴去品尝它，认识它。

我不想知道这一切：她在我的眼中是什么，我在她的眼中又是什么。

我们神交。我们谈论我们想谈的话题。

我们沉默之后，各自寻找着各自的生命价值。

某年某月某日

我生活的城市喧嚣着，尘土与烟囱冒出的浓烟构成了天空的色彩。灰色代表人生存环境的特殊风光，使每一双黑色的眼睛明亮起来。比荒原还要苍凉的城市，鸟儿无法生存，我们渴望听到的音乐根本就没有。我就这样生存在其中，默默无闻地活着，更无声息地幻想着明天。

城市没有微笑，我混入人群，我不能代表谁，仅仅是个人，这是我唯一的身份。

也许，我体味着自爱的同时，也体味着一种别人对我的无限的爱，享有这一点，我就足够了，我不希望世界能给予我什么。但我很自信，我一点儿都不悲观。

有谁能知道我内心情绪不稳定呢。

我是个很普通的人，我在大街上行走，我感到我所行走的街道有一种深沉的悲凉。然而，我的欢乐和我的悲哀在这大千世界中又算得了什么呢？我仍在大街上独自地行走，我的身后像是有魔鬼在装扮着情妇。

　　许多朋友从远方而来，要么满脸神气地谈论金钱和女人，要么就是垂头丧气地横骂大街。岁月并不苍老，岁月无情竟使人隔夜之间出现天壤之别，喝酒、赌博与玩弄感情，一切都在醉意朦胧的幻景中轻松地浮现，而随之而来的却又是沉重痛苦。我们究竟是谁，生活又把什么重担压在我们的肩上，使我们丧失了幻想的时机，使我们如此平凡，使我们如此焦虑不安，使我们如此手忙脚乱，使我们紧张而又恐慌？也许从此父辈们的光荣就不会在我们身上出现了，我们的生活显得如此琐碎而又无足轻重，我们想干的事只是想想而已，我们常常无聊地泡在酒杯里，酒喝得越多就越豁达，就更容易想象自己是不同于别人的人，而酒醒了之后就又开始疼痛地敲击着自己的骨头。这就是我们的生活吗？我们沉默之后，我们反思着。

　　而我们要期待的将是些什么思想呢？我们此时一无所有，我们只有梦幻、只有梦幻、只有梦幻！

某年某月某日

　　爱是一种什么东西，我反复地自问着。
　　爱是一种痛苦的给予，而不是接受。
　　或许可以说，爱是一种本能行动，是正常人的某种能力的实践，它只能在非常自由与自然的情况下进行着实践，从来都不是强迫的。

渴求爱情就像沙漠中的人想起葡萄与清泉。而爱情永远将带着特殊的条件规定我们的生活。我们被怀疑着,被这个黑色的如账房先生戴着黑边眼镜的城市怀疑着和审视着。是这样的,当婚礼的大幕在人们面前拉开的时候,真正如火如荼的爱情种子在洞房里消失了,爱情与婚姻是两回事,而真正的爱情是痛苦的,是无法得到的,永远无法得到。的确如此,家庭意味着你将承担责任,贫困乏味而又紧张的生活节奏、不公平的待遇及一些预想不到的意外时时都在同你作对。

许多人不能真正理解爱,他们不知道该怎样生活下去,他们需要有东西来支撑他们倾斜的心灵,他们宁愿用一种发臭的物品来充溢,也不愿去承担什么思想,多么悲哀的人啊,像杂草一样生存着。人们为什么不愿去真实地活着。梦幻中,我见到过许多本应该成为现实的璀璨的景象,而今天,一切都仍然是梦幻。

爱对于我来说,是一种永恒不息的忍耐。

某年某月某日

难以想象,我们究竟能铸就什么。也许,所有的心路历程都比自然的岁月要长得多。我的境界无法走出黑暗。我经历过许多打击,而我并没有认为这是生活的大错。谁能没有流泪的时候呢?默默流泪。无言的感伤。但是,真正的强者,他的眼泪总是往肚里流的。

有的人纵然长生百年，也许最后也未走出那片混沌一样的沼泽；而有的人尽管刚刚开始人生的跋涉，但其感受和目光已是历尽沧桑的了。即或是他的心是年轻的，而他的心灵却早已浸满了泪滴和血滴，浸满了一个个昼伏夜出的日子！而我是不会辜负自己的，更不会辜负自己的苦难生活。

我终于明白：一个人的家有时是一部历史，也可以说是一个时代，但无论是悲剧还是喜剧都得由个人来承担一切。这也许是我无法抗拒的命运吧，我背负着沉重如山的家的历史。

财富是堆积不成一个幸福的家的。家庭应该是心灵的结合。现实中，的确有的家非常贫困，但它却有那么丰满的感情；而豪富之门有时却出现感情上一贫如洗的荒凉，常常是贫困到连真实的微笑都没有。

经历告诉了我，我的苦难是无法抗拒的。

既然我被迫在这个世界上活着，我不怕承受苦难，不怕承受命运，不怕承受平淡无味的生活。我在寻找着自己应该拥有的一种爱。

我深刻地知道，没有爱的自由就没有生命的自由。

爱不是一种梦幻，我渴望一种真诚的爱。

也许对我来说，我所呼唤的爱将是永永远远的梦。

我靠近黄昏，靠近雨季。相信属于我的春天会到来的！

某年某月某日

　　夜晚宁静，我们走出书房沿着河堤漫步。星星如闪烁着的梦境在眼前跳来跳去，我仿佛听见河水在倾诉着什么。许久许久，我没有勇气向任何人谈说自己的过去。

　　我们居住的城市像身体虚弱的孕妇。我彻底地不知道自己的四肢是否健全，那么你呢，与我同路的夜行人？此时，我的心绪在黑暗里纷飞，夜空中的几颗星星被我的泪眼抚摸着，我无力地拖着沉重的脚步，一种谁也无法说清的感受渗进我的内心，我的灵魂深处有一道寒冷的光芒，没有人会真正地理解我们的。

　　我热爱自然。我对大自然有一种专注、纯洁、忘我以至常常不知所措的热爱。或许我是闭着眼睛来到这个世界的，也或许我是睁着眼睛来到这个世界的，但不管怎样，我和大自然永远有一条剪不断的无限的脐带连接着。

　　我的诗像是接近人与自然的火种，我需要燃烧。

　　而现在，我不能把自己冰冷的手伸给谁，我盼望着一双亲切而温暖的手伸向我。

　　我知道，人类从无到有，在漫长地让人望穿秋水地进化着，然而整个人类历史与自然相比只不过是闪电般的一刹。自然并不等待历史来创造，并且毫不客气地保持它强大的势力。

　　于是，我不得不问自己：我是谁？我从哪里来？我要到哪里去？

我是有血有肉的男人。我从母亲的子宫里爬出来就赶上多雨的季节，那无休无止的雨滴像血泪一样深入我的灵魂，我的眼睛潮湿了。在大地上，我听到一种遥远而亲切的呼唤，我感到自己沉重的心在响应这个无法抗拒的呼唤。我在响应呼唤中的顿悟，体验接近我的死亡。

我对遥远而深邃的梦幻神往着，我就是自己的精神帝国王子，含混的声音向我袭来时，我时而睁着眼睛，时而闭着眼睛，我在嘲弄着自己。

某年某月某日

我无法拒绝这一切。爱是博大的，也是痛苦的。难道不是吗？我们的每一次告别都上升为一种高贵的痛苦。

那些经历无数精神苦难而仍坚贞地爱着的人，是最强有力的最优越的，也是人类生机盎然的保证。爱得越深越痛苦，心理动荡得就越大，这是心灵强大的人存在的标志。

爱将永远呼唤我成为火种去燃烧，去勇敢，去超越，去完全彻底地恨，去不屈不挠地抗争。

那么，我是该问自己了：对于爱，我是否真诚？是否勇敢？而眼下我不得不承认，我所面临的将是一场爱与被爱的"革命"。

我的爱将来自我的巨大痛苦。

某年某月某日

夜深了，空气沉闷，你正毫无办法地与一个幽灵谈天说地，我背靠红墙，房顶上的灯光朦胧，柴可夫斯基的第六交响曲《悲怆》气势汹汹地塞进耳朵，我无可奈何地自己折磨着自己，心中有一种说不出的忧伤。穷诗人雨田就这样自寻烦恼……

这一夜，我暗暗地滴下眼泪，我真的以为这个世界上不会有人再来爱我了呢。我面对着墙上的牛头、十字架等乱七八糟的东西幻想了许多，是什么力量在支配我，茫茫的黑夜，我的情绪无法平静下来。

我们的不幸是我们的年龄，梦境和现实终不是一回事，我的梦幻将消失在黄昏的远方。悲剧的种子在我心灵的土地上埋得太深了，残酷的现实不得不使我叹息、痛苦和绝望，我的确别无选择。

雨滴敲击着宁静的黑夜，内心的孤寂无法否定，我知道世界仍在动荡，悲剧随时随地都可能发生。我思索着，现在是否有英雄，他们是否能面对冷石一般的现实。要面对现实的话，不付出血和灵魂的代价是根本不可能的。

诗人，必须是站在时代前端的奉献者，要为艺术而献身。

风走过城市的夜，我将背叛自己过去的孤独生活。

我从不知道诗是什么东西，但我爱诗，我写诗。

我梦幻般地行走在人间，常常被冷漠的城市建筑堵塞着，被城市的噪音骚扰着。我常常遇见寂寞的坏天气，但我从没有在没有路灯的街道或小巷迷失方向，因为我心中自有一片光明的天地。我相信黑暗后就是黎明。我相信明天的阳光一定会像早晨的鲜花一样美丽而动人。

音乐的魅力让我内心的感觉上升到无涯无边的境界。

由此我认为，艺术生命往往是凭着我们对生存的感受经验来把握趋向。它的价值就是要比思想深刻得多。

我的诗除了写透明的孤寂和忧郁外，更多的是写我们这一代人的痛苦，写自己的苦难爱情和对爱情的一种苦苦期待，写生命的死亡，以此来显示人的本能的个体的主体意识，超越痛苦的宁静心态。

我以自己对生活的真切感受写作，清清醒醒的，为人的灵魂的纯洁与精神的高贵而写作，这不仅仅是为期待唤醒自己，也渴望唤醒别人，唤醒无数个如同我们曾那样浑浑噩噩存在过的个体。以诗人自己的真诚，必要时献出自己的生命，把生活的真实、历史的真相和心灵的真相告诉给每一个人。在我的文字中间，有一种焦虑和愤然。是的，我正被一种新的生活秩序建设着。善良与纯洁的天使总是在每一个幸存者的头上飞来飞去。丑恶的东西永远丑恶，持枪的人却时时被别人操持在手中，真理遭至袭击后仍是真理。我在用血泪写自己心中的歌，写我们整整一代人的受伤的灵魂，我们意识深处的罪恶时常在太阳下消隐着。谁能告诉我该如何去生活和创造，如何去看待真诚的友情和性爱，看待每一个瞬间的理解与沟通。上帝啊，我脚下的道路将要通往何处？在一个不需要心灵的国度，我们的诗歌和艺术是毫无价值的。我知道今天，有许多的人以不屑一顾的姿态在谈论我们的行为和举止，也有许多的人在责骂我们没有勇气去面对生活和面对祖先与自己，这又去怪罪谁呢？

难道沉默就是一首诗吗？

难道沉默就是最好的回答吗？

难道，难道，难道……

某年某月某日

早晨一阵暴雨，中午的太阳烤得脸发烫，不知道什么原因，我今天的情绪极坏。此时我想，如果我能马上进入地狱就好了，再不会为一些伤心的事烦恼。

汽车在高低不平的公路上颠簸着，埋怨西克没有与我一道去成都的念头消失了，女孩子嘛，再多的错也是美丽的。我这人向来就很认真，交往朋友也是如此，更何况要将自己的真实情感投入进去。这也许是我的致命弱点。要不然的话，怎么会这样走火入魔呢？大概诗人和艺术家都是这样认真的吧！看完《青春无悔》——成都知青赴滇支边二十周年回顾展"，我的心情无法平静下来。那段岁月里，他们的确失去得太多，而收获得太少。离开展厅前在签有许多留言的长布上写了"历史的见证"字样。

这一夜，我真的在梦中痛哭了很久，醒来时，泪水还挂在眼睛上。我以为自己真的是临近死亡。我从床上爬起来,想写一份遗书,面对稿纸深思了很久很久,可就是写不出一个字来。茫茫的认知里,我实在分不清谁是自己的敌人。我终于明白大师凡·高为什么要割伤他自己的耳朵。

诱人的耳朵至今仍在滴着鲜血!

某年某月某日

我不能像普通人那样平平淡淡地活着。诗歌中应该有诗人的灵魂,而我所说的灵魂不是真理的格言,而是聚合一代人或几代人或整个人类的集体意识的整体。我深深地知道这些,要做一个真正的诗人的话,他的痛苦和悲伤要比那些普通的人多得多。我以为诗人的痛苦是一种高贵。

人生真的太残酷无情,世人更不可能理解我。困惑、孤独和忧伤紧紧缠绕着我,并更进一步地激发了我对大自然和普通人的深沉的爱。

现在,就是现在,是谁在梦想诗歌和女人?是谁在寻找上帝和粮食?我为此苦恼。我是阳光、闪电和梦的化身。站在并没有好感的城市一隅如站在时代前端,时代的旋涡逼使我去抗争,满怀激情和信心去寻找被浓雾遮住的旗帜。我不断地思索着黑夜、阳光、土地、金钱、历史、粮食、英雄、梦幻和废墟以及理想主义者,等等。就是现在。现在,我告诉自己,没有什么理想主义者,只有有限的梦幻主义者正向历史展开巨大的挑战。谁也不可能义无反顾地为一切事物献身。或许诗人真的是疯子：冲动、浪漫和放肆……今天的我是否热血澎湃？什么东西在我的身上？梦幻的光芒照着你和我，以及我们一代人的今天和明天。

无处不发生死亡。我活着，我不是单独地为自己的存在而活着。或者拿拍岸的浪涛来说吧，虽然在礁石上撞来撞去的，有时候还撞得粉身碎骨，但它的确没有被真正地打垮过。每一次它重新积聚力量，而这种方式或许就是生存和抗争。

黑暗埋伏在某处。城市沉默。一个女人走过街道。一个诗人晕倒在广场。那些高举着真理的手，像蘑菇一样从身体内长出；那是我的灵魂吗？像一棵巨人树，直立在天与地之间。一切照旧，有时人的微笑会变成野兽的蓝图。然而，我想行走在我热爱过的光芒之中，现实不可能让我们人人平等，我无法把握好自己，我已经进入死亡的边缘地区了，我不得不挣扎！

某年某月某日

我是谁？我像一个孤独的老人，踩着人影憧憧的街道。我不知道自己要到哪里去，神之光已经在我前面的路上消失了。惨裂的土地上，我仿佛听见死人的牙齿和活人的牙齿在咯咯地响着，犹如饥饿多年的魔鬼在低号。

我不是谁。我就是我。生命只是永恒的幻象，我知道自己的肉体是要归还给这块土地的。现在我无法再保持沉默了，把我真实的灵魂奉献给这个世界的时辰已经到了。我活着。我为自己，也为他人而痛苦地活着，快瞧那些嗡嗡叫唤的苍蝇，它们正横行在天空，然后爬行着，把触角伸向了我。这时候，江河的水面不能风平浪静，黑暗继续向最深处下沉。在这样的时刻，我还能说些什么呢？焚烧在内心的火不是某种信条。我始终无力扯动脸上的肌肉，我的表情若有若无。

这是为什么呢？

某年某月某日

坐在江边，目睹流泻千里的涪江水。我伸出心灵之手却什么都没有握住。而我自信没有等谁，也不为了谁，不知不觉地又流出了眼泪。我几乎想立刻就离开这个世界。世界有时如此宽阔，世界有时又如此渺小。

而谁在这个时候注视着我呢？我的眼睛陷入黑暗。

这个时候，大地苍白的脸贴近我的梦幻。寒冷的季节穿过我的喉咙歌唱着的河流。远处的乡村，贫苦的农人在守候着他们自己的睡眠。

生育我的母亲，此时在凝视着什么呢？

时间多么的悲伤！音乐的旋律空空荡荡。我的兄弟姐妹啊，我居住的城市真像一只病态的老狗，它的毛皮如此的破旧。它的骨头暴露在季节的外面。寒流的爪子，使我在荒原上寻找着苹果园，我走在堆满垃圾的街道。

我的确哭了。在极度的虚弱中,我感觉到许多的人都在痛苦着。而人间给予我们的第一件礼物就是沉重的锁链。面对陌生的世界,我强烈地抗争着……我不知道,我为什么要在此时泪如雨下。告诉你:我已经彻底地苍老了。不,从我诞生的那一天起,感觉和肉体就已经离我而去。我不懂得什么是生息的天地,不懂得还有蓝天、白云和灿烂的阳光。告诉你:死神早已给我的生命宣判了,是一种精神的自由的气息,点点滴滴苏醒着我已经死亡了的感觉。

谁能使我不再受这种痛苦的折磨?谁的牙齿在不断地滑动,撕咬人类的心脏?疼痛在皮肤下像一把锯子,在没有阳光的时辰压抑着我的号叫,我的滴着鲜血的灵魂因而哭泣着——这多么像个孩子啊。

谁把我从未体验过的生命的震颤献给了我?

独坐在江边,我感觉到自己居住在梦幻之中。

凝视着江水,我想到了人的灵魂。

某年某月某日

也许我是幸福的。因为我所做的一切别人不一定能做到。尽管我不能回顾自己悲痛的经历。而在我日常生活中,谁是我的最初呢?我怎能回顾这一切?细节像把刀子深深地扎在心上。外面正在发生着什么,我感到迷迷茫茫,头脑沉重。我突然把自己变成一座迷宫。

某年某月某日

  这是多么悲惨,而又多么意味深长的景象啊:我站在川西北平武县白马藏区的薅子坪寨,面对乱石横溢的赤裸河岸沉思着。我不敢相信自己所目睹到的荒凉现实。徘徊于河滩,我的心难受极了。我不知怎样才能平静下来,不知道怎样才能抑制这悲伤,不知道怎样用诗情去描述山民生存的精神。我突然发现我也很笨的。我突然发现我并非如西克所说的那样坚强。我仍旧是个脆弱的孩子,除了泪水,什么都没有。我还算是一个诗人?诗人不应该流泪的。诗人的泪水应该在心里。

  不!我不相信这一切都是真实的。不相信。

  我知道这次到川西体验生活极其艰难。有时甚至责备自己这是何苦呢,但我还是接受了这个事实,因为我在寻找着精神贵族之梦。是的,我所寻找的精神贵族之梦不是金钱之梦和享受之梦,而是自由舒展的生活之梦,是真诚人性之梦和温馨的天空之梦。

  一棵没有结果的树,勇敢地挺立在寨口的天生桥旁,凶猛的洪水扑过来损坏了它的手臂和皮肉,而它对着太阳,依然挺立在那里。我想,这就是我们民族的不朽肖像。而这棵没有结出果的树,它在我的心中已经成为生命的象征。它告诉我,告诉每一个认真生活的人,要对得起他们。而这个他们正是我们的祖先或者是我们自己。其实我早就知道这平淡的表达里蕴藏了一个世界的奥秘:大自然创造了人类的幸福,大自然也能毁灭人类的幸福。

命运对谁都是公平的。要在这个世界上生存下来,就要付出代价,哪怕是血的代价或是灵魂的代价。我想,这不是诗人的浪漫。

太阳下,我深深地吸着烟。饥饿的爪子撕扯着我的胃。我不知道谁在这个时候最能理解我的寂寞与孤独。但我作为人,总该在现实面前说出人话而不是说鬼话。我知道这也许恰恰是我个人的悲剧源头。我想起托·艾略特的《荒原》,想起大师凡·高为什么渴望生活,想起被洪水冲毁的公路的山体下那株燃烧的向日葵,我别无选择地意识到:诗人的世界应该是独立的,特别是诗人自己的精神实体。

某年某月某日

结束了苦竹坝电站的采访,汽车在不平的山道上颠来簸去。我的魂魄已从汽车里被颠簸出去,停泊在苦竹坝的河滩上。雨仍然不停地下着,我长长地叹了一口气之后,仰慕那些奋战在工地上的建设者,我体谅他们内心的不安与悲怆。他们是不背叛自己的英雄。他们在完成自己的同时也在完成着别人的使命,但他们也是落魄者更是贫困者,然而他们却在承担着一个世纪的变革与飞跃。而我呢?

记得有这样一句老话:人应该现实地生活。

我不愿放弃自己的梦想与生命的追求。人生不是一场梦。

人生应该充满存在的价值。现在我明白，我的价值就在于不断地创造和毁灭。

我行走在雨中，带着悲痛的自我感觉，望着天空下的大山，望着咆哮不息的涪江河深思着，我又饿又累，我不断地在寻找着自己的形象。这个时候，一只洁白的蝴蝶从我眼前掠过。蝴蝶的姿态越过我此时的梦幻。

何等的幸运啊！这么大的雨，怎么还会有如此美丽的蝴蝶飞向我呢？莫非我今天要在苦竹坝遇到什么天使或者是实实在在的、非常漂亮的少女吧！阿贝尔说，这白色的蝴蝶可能是我们今天不吉祥的信号，我才不相信他这些鬼话呢。上帝会保佑我的，我相信上帝。

我在采访中变得越来越矮小起来。也许有人会说，我们到灾区是去冒险，古怪得不可理解。别人怎么认为与我无关，而最重要的是我怎样写好的作品，怎样在作品中反映出人的本质来。

某年某月某日

这次出来，我没有带收录机，就更谈不上听音乐。几个夜晚都是在孤独的幻想中度过的。记得刚到平武县的那个晚上，《绵阳日报》记者王德华先生和当地的几位人员陪我们在馆子里吃过饭后，暴雨下得那么猛烈，街道上空寂无人。树影叠着树影，十字路的灯仍然亮着。我与阿贝尔一前一后地在雨中流浪着，整个夜晚，我们俩那么孤独。

　　作为个人，我是喜欢孤独的。尽管我有妻有子，孤独的时候才是我的广阔天地，任何东西都可以入诗，没有限制。诗人本身就是一个孤独的世界。

　　这个夜晚，我梦见"我"迷了路，梦见我的爱情迷了路，梦见我的书房堆满了尸骨。

　　阿贝尔有几个名字：李金勇、李瑞平，他是平武山区乡村中学的教师。七年前的春天，我步行沿着涪江而上去寻找源头的一个夜晚，我们在南坝中学相识。那时，他的诗只写给一个少女看，真情动人。他现在的诗是献给这个社会和这个世界的。阿贝尔与我一样，我们都向往着更好明天！

2020-08-05

姿态：学习杜甫

杜甫诞辰1300周年，我们今天坐在这里，除了缅怀诗圣杜甫外，还要探讨中国先锋诗歌的今天与未来，意义深远。

一

绵阳过去称绵州，离诗仙李白故里（江油青莲）只有三十余公里，唐宝应元年（762年），杜甫流寓绵州，住绵州治平院（又称左绵公馆、海棕路），就是现在我居住的富乐山脚下的沈家坝。杜甫当年在涪江东津渡口看打鱼后，写了流传至今的《观打鱼歌》《越王楼歌》《海棕行》等吟咏绵州的诗作十八首。东津渡与我曾经居住的东河坝"墓地"只有一江之隔。1988年，我曾在这里写出了长诗《麦地》《四季歌》等诗篇。20世纪八九十年代，中国的许多优秀诗人如欧阳江河、廖亦武、万夏、孙文波、萧开愚、蒋浩等都在这里留宿过。

说来也怪，杜甫流寓绵州，宋代至清代，陆游、唐庚、赵蕃、果亲王、李调元、翁同龢等名士先后到其地寻觅杜甫遗踪,留下不少诗篇。清郡人、黔江教谕吴敏斋以倡文风、造福桑梓为己任,散私财在绵州城南修建治经书院,建校舍数十间,仿宋人思贤故事,筑室纪念扬雄、李白等人,于南山建十贤堂,祀汉杜微、李仁等乡贤。鉴于李白为绵州昌明人,杜甫流寓绵州,悦左绵山水,放怀歌咏,两人同为诗宗,为后人所敬仰,绵州人宜建祠并祀之。吴敏斋嘱其子吴朝品日后修建李杜祠,为桑梓增色。清光绪二十六年(1900年),吴朝品在绵州东郊芙蓉溪畔、相传为唐代治平院旧址的地方购地六亩,建造了李杜祠。李杜祠背依东山(今富乐山),面临芙蓉溪,占地面积四千平方米,由大门、正殿、春酣亭、问津楼、乐楼、荷花池、水榭斫脍轩、照壁等建筑组成,照壁上横书"巴西第一胜境"。

杜甫流寓绵州期间,常常行动于绵阳境内的梓州(今三台)、玄武县(今中江)、射洪、盐亭等。在三台生活了二十一个月,写出《渔阳》《春日梓州登楼二首》《春日戏题恼郝使君兄》《郪城西原送李判官兄、武判官弟赴成都府》等近两百首诗作。他在射洪游览时,写出了《野望》,在金华山瞻仰陈子昂读书台时,写了《冬到金华山观,因得故拾遗陈公学堂遗迹》《早发射洪县南途中作》等诗作,在中江写了《绝句》《题玄武禅师屋壁》等,在盐亭写出了《聊题四韵》《光禄坂行》等。

是流亡的道路打开了杜甫的诗歌视野。由此,他对底层生活有了深切的感受和认知。这里要特别说明的是杜甫在三台写的这些诗歌，体裁多种多样，内容极其丰富深刻。也因为杜甫长期的流离生活，使他得以接近底层生活，了解这些底层人痛苦的愿望，同情底层人的遭遇，诗歌也揭露了唐王朝官吏的腐朽，甚至指责统治者们的腐败现象，反映底层人的生存痛苦。

2008年，四川发生"5·12"特大地震后，河南省援建绵阳的重灾区江油。勤劳的河南人除修复江油青莲的太白碑林、太白楼、陇西院等文化景观外，还在江油城内的涪江二桥旁新建了豫州公园，将李白、杜甫的像塑在此地，于河南重新设计、翻新的李白纪念馆内新建了杜甫堂。

在今天绵阳文化景观里，已有三处将李白、杜甫的像塑在一起。这三处文化景观是：李杜祠、豫州公园和李白纪念馆。另外，三台的梓州杜甫草堂也有杜甫高大的塑像。2011年，是"5·12"地震三周年，我们邀请过山东（援建北川）、河北（援建平武）、辽宁（援建安县）、河南（援建江油）有影响力的实力作家、诗人来绵阳采风，河南诗人马新朝、蓝蓝在江油参观时连声称好。

看来李白、杜甫永远都是好兄弟。

二

杜甫是我一生敬仰的诗人，学习杜甫也是我一生的追求。下面我从两个方面谈谈我对杜甫诗歌的理解：一是，杜甫对现实生活的关注。首先是他选取具有典型意义的事物，通过客观描写，把复杂的社会现象集中在一两句诗里，从而揭示它的本质。比如《自京赴奉先县咏怀五百字》把尖锐的矛盾集中在"朱门酒肉臭，路有冻死骨"这十个字里，使人触目惊心。其次是他通过写人物的对话，对某些事件作概括的介绍。比如《兵车行》这首诗是通过一个行人的话广泛地介绍了兵役的繁重、战争的艰苦以及人民反对开边的情绪。《石壕吏》是通过老妪的一番话，介绍了这一个家庭的遭遇，同时也概括了千万个家庭。杜甫诗是现实主义，他的现实主义诗歌的特点在于从现实生活中选取典型的事件，加以高度概括，通过这样的描写，去揭示现实生活的本质。这是他诗歌的可贵之处，是值得我们认真探讨的。二是，杜甫诗歌雄浑壮阔的艺术境界和细致入微的表现手法：说得更明白点儿就是杜甫诗歌的艺术境界是雄浑壮阔的，但是表现手法却是细致入微的。由于杜甫本人具有爱国爱民的胸襟、博大精深的知识，以及丰富的生活经验，所以他的诗歌境界是雄浑壮阔的。可是这种雄浑壮阔的境界往往是通过刻画眼前具体细致的景物和表现内心情感的细微波动来达到的。李白和杜甫，他们的艺术境界都是很壮阔的，但达到这样一种壮阔境界的途径却不同。李白是运用风驰电掣、大刀阔斧的手法来达到的，而杜甫却是以体贴入微、精雕细刻、即小见大、以近求远的方法来实现的。

杜甫的诗就像是"润物细无声"的轻风细雨，不知不觉地渗透了读者的心灵，让人容易亲近。比如"三吏""三别"，杜甫具体细致地写出这场战乱的各个方面，从不同的角度、不同的侧面具体反映了这场战乱带给国家和人民深重的灾难。同样是写安史之乱，李白的写法是从大处落墨。他的《古风》第十九首，先写和神仙一起升天，升到天上从上面往下看，看到人间，接着有几句就反映了安史之乱以后的政治局面——"俯视洛阳川，茫茫走胡兵。流血涂野草，豺狼尽冠缨。"而杜甫笔下的安史军队是："群胡归来血洗箭，仍唱胡歌饮都市。"通过一支沾满鲜血的箭，具体形象地反映了国家人民深重的灾难。通过比较我们可以清楚地看出，杜甫是以体物察情的细微而见长的。

杜甫不只是细致入微，他还能够通过入微的刻画达到雄浑壮阔的境界，这才是杜甫超出一般现实主义诗人的地方。杜甫还有许多诗是把重大的社会政治内容和生活中的一个侧面的剖析穿插起来，运用这些细节去表现重大的主题。比如他的五言律诗《春望》就是一个典型的例子："国破山河在，城春草木深。感时花溅泪，恨别鸟惊心。烽火连三月，家书抵万金。白头搔更短，浑欲不胜簪。"除此之外，杜甫诗歌的语言也是有特点的。他的诗歌语言是经过千锤百炼的，形成了苍劲、凝练的特色，用他自己的话说，就是"为人性僻耽佳句，语不惊人死不休"。他喜欢佳句，他要求自己的诗歌语言一定要有那种惊人的效果，如果达不到这种效果，那么就要继续反复地修改，不死不休。

2019-07-26

骚动的巴蜀现代诗群

中国新诗潮从20世纪70年代末开始，到现在，官方或非官方的足有上万个社团群体出现，流派、主义满天飞舞，铅印、油印、手抄的诗歌报刊更是铺天盖地。正是因为这些群体、流派、主义的出现，才给死气沉沉的中国诗坛带来翻天覆地的变化。比较有影响的是上海的"海上诗派"（自办的《海上》《大陆》等油印刊物），南京的《诗对话》和《她们》（自办的《对话使节1986》《诗对话1987》）《他们》等铅印刊物，东北的"北方流派"，西藏的"雪域诗"，但更能引起人们注意的是四川的"莽汉主义""整体主义""非非主义"及"净地"等诗歌群体，他们从"非诗"的欺骗中觉醒后，开始了与传统诗歌的彻底决裂、对现代诗的探求。现在，中国诗坛榜上有名的就有欧阳江河、廖亦武、翟永明、石光华、柏桦、雨田、宋渠、宋炜、周伦佑、蓝马、刘涛、尚仲敏、杨远宏、肖开愚、万夏、李亚伟、何小竹、杨黎、孙文波、刘太亨、张枣、陈小繁、钟鸣等诗人，他们写出了大批值得一读的作品。

如廖亦武的《先知三部曲》《巨匠》，欧阳江河的《悬棺》，翟永明的《女人》《静安庄》《人生在世》，雨田的《麦地》《城里城外》《静水》，周伦佑的《狼谷》，宋渠、宋炜的《大佛》，肖开愚的《汉族》，蓝马的《沉沦》，等等。这些作品深刻地关注着人类的存在和命运。为使更多的同仁或朋友了解巴蜀现代诗，我现将"莽汉主义""整体主义""非非主义"及"净地诗派"介绍如下。

莽汉主义 1984年1月创立于中国四川南充。主要成员有李亚伟、万夏、马松、胡冬、赵野、陈东、胡玉、二毛、梁乐等。

1984年1月就读于四川南充师范学院（西华师范大学）的李亚伟、万夏、马松、胡玉、胡冬等"莽汉"们避开垮掉的一代、自由派等被中国人当时视为病态、变态的东西和超现实主义的白日梦淫，更加远远地摒弃了老一套的讽喻手法，亮出了健康的精神和肌肉等真家伙，以挑衅味儿十足的面目出现——这是严肃的惹是生非，把事情干干脆脆地惹过头，让人看此病如何！所以，莽汉诗从一开始就是一门勇敢的艺术。"莽汉"诗人们在对诗的追求上，无所谓对现实的超越与否，忽略对世界现象或本质的否定或肯定，轻视甚至反感对真的那种冥思苦想的苛刻获得。"莽汉"诗人们唯一关心的是以"莽汉"诗人自身——"我"为楔子，对世界进行全面的、最直接的介入。"莽汉"诗人自己感觉"热度了风雅，正逐渐变成一头野家伙"是"腰间挂着诗篇的豪猪"，以为诗就是"最天才的鬼想象，最武断的认为和最不要脸的夸张"。他们甚至公开声称这些诗是为中国的打铁匠和大脚农妇演奏的轰轰隆隆的打击乐，是献给人民的礼物。

"莽汉主义"诗歌的出现，已成为一股不可忽视的潮流，他们的代表人物李亚伟的《中文系》《怒汉》《硬汉们》《侠客》，万夏的《莽汉》，胡冬的《前妻，我的好老婆》，马松的《咖啡馆》《生日进行曲》，胡玉的《求爱宣言》等诗作引起了人们的关注。很可惜"莽汉主义"的诗人们没有自己的铅印刊物。

整体主义 1984年7月，成都青年诗人石光华抽暇去了沐川——有名的红房子，与宋氏兄弟（宋渠、宋炜）谈天说地。他们就中国文化传统几个基本问题进行了较为深入的研讨，其中最有意义的是把中国古代的文化系统表述为一种描述性的有机状态，明确提出：超越性的整体生命原则便是这个系统的基本思想。由此，三个诗人将他们近期的探索趋向（无论是哲学的还是艺术的）定义为一个新的概念——整体主义。后来，石光华在《汉诗·二十世纪编年史》（1986年铅印）中以"提要：整体原则"为题的文章中对"整体主义"这个概念的意义谈了三点：一是，"始终在人类意识的尺度上把包括人自身在内的存在，把握为一个有机的整体系统"；二是，"这种把握只能通过文化的方式来显示，由此取得与存在的一致性"；三是，"文化系统内部在结构状态效应原则和转换形式诸方面保持一致性，各层理论均可不愿为系统的初始构造"。

由此可见,"整体主义"完全不是一个诗歌艺术流派,只不过是"整体主义"的支持者们力图为自己的诗歌创作提供一个鼓励宏深的文化意识背景而已。

"整体主义"作为一种状态文化的基本思想,即使在引入美学思考以后,也从不企望对诗的本质构造方式等方面进行抽象的界定;因此,无论是在哪一个领域,"整体主义"都只是作为一种开放性的意识状态,强调整体的确定性和自身显示的趋向。

"整体主义"认为,中国古代文化其本质是一种整体性质的状态文化,它的核心思想不是阴阳互补的二元论,而是"无极而太极"的整体一元论。老庄的最高层次是"道"——"无";孔子的至境也不是"仁礼",而是"和";宋儒时期的整体思想就更为突出;而《周易》则是整体状态文化最卓越的描述。它不仅把包括人在内的宇宙处理为一个流变不息的整体,而且认为这个整体唯一的本质是超越的生命性,唯一的特点是对称性;由此,他们感觉这才是企及民族文化巨大磁心的真正开始,评论家杨远宏先生在《当代诗歌》(1987年3期)发文《诗的觉醒和困惑》,宣称他们的"整体主义诗歌",在自省中完成对具体生命形态和人类生存现状的超越,在与存在整体的交流注息之中,呈示为整体律动的状态。由此可见,"整体主义"思想非常深刻地包容了一个新的诗歌美学原则。

"整体主义"诗人石光华的《吃鹰》、组诗《圆境》,宋氏兄弟的《颂辞》《静和》,刘太亨的《生物》等作品都体现了"整体主义"诗人自身直接面对整体，在完成生命性整体体验的过程中，完成对自我和现实有限状态的超越，以此实现向存在开放。

"整体主义"的主要诗人是石光华、宋渠、宋炜、万夏、刘太亨、张渝等。

"整体主义"1986年在成都出《汉诗·二十世纪编年史》第一期（铅印刊物）；1989年在成都出《汉诗·二十世纪编年史》第二期（铅印刊物）。

非非主义 1986年5月5日创立。"非非主义"和中国当代其他诗歌艺术流派有所不同，它一出现就以它系统的理论（创造本源论、艺术本体论及创作—批评方法）和多元的创作而引起诗坛的关注。

"非非主义"的主要成员是周伦佑、蓝马、刘涛、杨黎、尚仲敏、何小竹、李亚伟、敬晓东、吉木狼格、李瑶、梁晓明等。

"非非主义"自办有《非非》杂志（铅印，已出四期，包括一期理论在内），《非非评论》（铅印大报，已出两期）。

"非非"艺术反对唯文化主义，但它不是反文化的。恰恰相反，它致力于探寻文化创造的本源，致力于凿通文化的源泉。它呼唤"新的文化板块"从那些变革了的人的前文化经验中不断涌出，尽快完成在运算-逻辑基础上建起的这个即将竣工的文化建筑，然后载向非运算-非逻辑的领域，重新安营扎寨，在非运算-非逻辑的基础上动工兴建另一类、两类以至更多类其他建筑——超越"唯文化主义"！

近几年来，非非主义的代表人物周伦佑写出诗歌《十三级台阶》《自由方块》《头像》，理论《变构：当代艺术启示录》《论第二诗界》《当代青年诗歌运动的第二次浪潮与新的挑战》《反价值》；蓝马写出诗歌《沉沦》《六四十八》《世的界》，理论《前文化导言》《新文化诞生的前兆》《人与世界的语言还原》；刘涛写出诗歌《情感样式》《阿维尼翁》《天目》；尚仲敏写出诗歌《歌唱》，理论《内心的言辞》；杨黎写出诗歌《冷风景》《怪客》等作品。

"净地"诗派　创立于1985年冬天，1986年6月办《净地》诗报（铅印），1987年办《净地》诗报，刊物（油印）。"净地诗派"是川西北（包括德阳、遂宁、南充、绵阳、广元等地区）的现代诗歌主要流派，它以绵阳为轴心。"净地诗派"的主要人物雨田写出《海与陆地的回响》《黑色的回声》《苍茫岁月》；程永宏写出《生命的缝隙》《伊的世界》；曾思云写出《给安娜的绝命书》《诉诸巨人》。"净地诗派"以生存的力量显示了他们的顽强生命，"净地"诗人以"扎根民族的传统文化，力争在自己的地域闯出一条路，进入普通人的心灵，引起共鸣，最终完善自己也完善他人"为根本宗旨，以历史的使命感去思考，创造一个属于他们的世界。

诗歌属于直觉的语言艺术，依赖于直觉的变幻性，诗歌作为情感的自由体验过程，由于审美因素而形成独立的价值。诗的内涵则要求诗人们以敏锐的眼光，对诗歌所表现的世界进行成熟的思索和审视。诗歌对现代生活的参与，是诗在特定状态下强化人类生命意识的过程，由此迫使诗人思索诗与现代意识的关系和表现方式。"净地诗派"诗人的诗视觉印象极强，并涉及宗教、神话、历史等方面的内容。看得出，"净地诗派"的诗人纯熟地把俄罗斯抒情诗的传统和西方现代诗歌融为一体，从最近他们编的《第三诗界》（1989年1月出，油印刊物）上的大部分诗作来看，都能说明这一点。"净地诗派"的诗人没有自己的模型式的诗歌创作方法及宣言，但他们的诗歌作品已经说明他们仍保持着精神审美的严谨风格；同时又糅进了理想主义、浪漫主义和象征主义等西方现代主义的精华。

现在，"净地诗派"的诗人认为：诗歌是诗人个体生命的体验，但作为诗歌生命的本质不属于个体，诗歌的生命本质应深化整个人类的生存意识。生命是过程。然而，诗歌的生命也是个过程，诗歌的生命比生命的生命更有价值。"净地诗派"的诗人正在用自己的体验或诗歌进行着这个过程。

以上我所介绍的仅仅是巴蜀现代诗歌流派的四个群体而已。除此之外，还有许多值得注意的群体或流派，如以四川西昌为中心的一群女性，她们认为"在诗歌的高层次探索创作中，诗没有性别之分"。现在，她们的诗歌以自己真实的面貌出现在人们的面前，从她们办的《女子诗报》（1988年，铅印）上的《晓音自选诗》、《意识的空间》（远村的理论），《女子诗报》（1988年），《空间结构》（阿明的诗），《女子诗报》（1989年）来看，都显示出一种潜力。她们的作品宁静、冷漠、平淡而较为深刻，并比较成功地将浪漫主义与超现实主义融为一体，由此来探讨自然、生命、宇宙、人生、爱情及价值等问题。由此可见，巴蜀现代诗歌处在一种骚动不安的状态之中，他们所面临的问题是对诗的传统和诗的变革创新的进一步思索。

是的，我们生活在一个难以捉摸的世界中，我们周围的环境对诗人自身把握的信心会怎样呢？我看，诗人的生活体验是比较重要的，而这种体验是直接和人类的有限生命与价值超越的关系有关。诗人体验的要素与生活本身的要素，与感性个体的诞生、经历、命运、死亡是密切相关的。我想：作为一个诗人，只有从自己的整个生活和命运出发去感受生活、反思生活才能写出有一定价值的作品。一首好诗决定于诗人自身内在的生活结构，决定于诗人的精神境界，决定于诗人对一个有意义的世界或人类存在的探求的执着思考。我们应该知道，诗是由诗人创造出来的人类的一种精神现象，但另一方面，诗又是超越诗人自我，同时也超越现实时空的特殊存在。最后，我要问，巴蜀现代诗群的各路诗人，你们是否能面对现实，面对人生？是否能真正地超越现实与自我，最终建立起诗人对人类精神领域负有的使命感？

中国诗坛的明天需要我们去建筑！

世界诗坛的明天更需要我们去建筑！

2018-02-28

呼唤记忆中的精神河流

　　我和青年诗人廖淙同处在一个时代，疲惫、失败、成功、追寻一次次困扰着无数背负重担的跋涉者的心灵，廖淙用他自由的诗篇点亮他自己的人生坎坷的路径，并从中折射出一个疾速变化着的时代和这个时代沉重的背影。

　　最初认识廖淙是从认识他的诗歌开始的。记得是十几年前，我在一家纯文学刊物当诗歌编辑时，从堆积如山的自由来稿中发现了廖淙，说准确点儿是发现了廖淙的诗歌。后来，他那些充满青春活力的诗歌在我所编的刊物上发表了，我们开始通信，然后相识。在交流时，我才知道廖淙自幼在北川禹里长大，读完小学又上初中，从没有离开过清幽无限的山水胜境"禹穴沟"。在北川中学苦读了整整三年，1993年考上四川师范大学。中学时代的廖淙经常在北川中学附近的盖头山等处游玩，留下一些青春的梦想和年少时萌动的精神恋爱。那些青山、白云、碧草和羊群夜夜入梦，不然的话，廖淙怎么会在《尔玛人家》中唱道："一座房子和雪山一样坚实和尊严／一面面经幡被风亿万次颂唱。"

眼前这部《尔玛羌风》诗集的书稿,应该是一部热爱生活、热爱北川山水、关注时代变迁的跋涉者的人生箴言。廖淙宁静、真实地记录下他自己三十多年来在人生路上的丰富体验,把羌家人的忧伤、幸福、梦想、美丽等一系列抽象主题具化为带有哲理、美学意味的诗歌形象,廖淙发现了人们尚未发现的人生内涵,说出了人们还没有说出的朴素道理。诗如其人,廖淙的诗歌正是在人与人、人与社会、人与自然的关系中,在完善人的自我精神语境中生存。所体现的是从大山深处走向现代生活的青年文化人的责任、义务、精神和意志,也呈现了亲情、友情、爱情的波澜。而对社会与人生的感悟与哲思,亦揭示了他在诗意生存中的个体思想的深度与广度。说句心里话,读廖淙的诗,让我们领略了一个活生生的人不同侧面的立体存在,既有对生活的智性思考,又有对心灵的抚慰。

诗歌是文学大业中的重要组成部分,诗歌创作首先是情感的真实,因为真实是美的起码前提,但仅有表面现象的真实还不够。诗歌创作除了展示诗人自己的语言才华外,还必须有一种独立的精神和一种向善的力量,这种独立的精神和向善的力量其实就是一种价值判断。十年前,有些诗人主张日常生活的口语写作,宣称自己无意也无法在自己的作品中作出价值判断,甚至认为诗歌就是诗歌,不屑于判断。其实,任何一个意义上的诗人都无法回避他在诗歌作品中隐藏着的价值和美学取向，无论他藏得多么深，多么巧妙。优秀的诗人也必须对自己诗歌作品内涵的价值判断负责。

当然，我们应该看到，20世纪90年代以来，诗歌的个人化写作越来越发展为自己的情绪化表达，商品大潮和快餐文化模糊了人们对诗歌价值的判断，在大众传媒和文化消费观念的引领下，不少的诗人或过多地描写日常琐碎生活的形式，或在网上进行轻松、本能的欲望化写作，抛弃了诗歌作品中的历史负荷，削弱了诗歌的社会性、人文性和人性关怀，忽视了诗人的责任感。值得注意的是，在诗歌创作多元化的背后，也同时潜藏着诗歌创作的种种精神危机和道德陷阱。

而廖淙的诗，始终保持着羌家人的率真，表现出了羌家人对自己民族的深刻理解，他通过自由的诗篇，让羌家人的喜怒哀乐直抵内心，"血与火／亿万年生命的呐喊／绚丽 镌刻于心／／一条条绢纱／披在祖先神龛／披在尔玛人的肩头／／亿万年／白石都写不完的沧桑／还有哭笑／／但生命永不消竭／羌红永远飘扬"，廖淙的这首《羌红》虽简朴，但却有崇高的价值标准，有坚守羌家人良知的道德基础，从而也可以看出廖淙在物质生存压力越来越大的时代，面对复杂多变的人生观和人性的混乱中的文化修养和精神品位。他的《酒歌》《云》《盖头山桃花》《驼铃叮当》等诗篇，在塑造民族心理、培养民族精神上起到了独特的作用。

其实廖淙的许多诗，还具有丰厚的历史文化感和对传统文化精神的自觉传承。他在《今夜月光如雪》的诗中写道"孤身穿越千年/舐食诸侯盟誓的乌牛白马血/看过蓬蒿中伴剑的白骨累累/走过古都数番沧桑/旁听中原几朝鹿鸣";在《深秋呓语》的诗中写道"一阵激越战鼓 从古至今 从远而近/是呐喊/淝水的呐喊 函关的呐喊/长城的呐喊 千里沙场的呐喊"……在这两首诗中,诗人处于"旁听"和"呐喊",他同时也给自己设了一条坚实的道德底线,这就是宽容和博爱所揭示出的人类社会的发展规律,有时"旁听"和"呐喊"也是在推动社会的进步,廖琮的诗歌表明:优秀的传统美德带有传承性,这也是一切社会赖以生存、发展的有效保障。

2020年5月,四川发生特大地震后,我们的不少诗人怀着深厚的社会责任感,以敏锐、敏感和良知来借助诗歌的自身魅力,演绎出荡气回肠、催人泪下的人间有大爱的心灵史。我注意到生长在北川的青年诗人廖琮像众多的诗人一样也拿起手中笔,写出的《伤城北川》和《北川中学》是值得一读的,原因在于这次灾难触及了诗人内心的痛点和动情点,使诗人的艺术积淀在这两首诗里达到一种高度。其实,廖琮的不少诗歌都表现出人与自然、人与社会以及个人内在精神世界的多种变奏的和谐主题。

最后我想说,《尔玛羌风》是一部充满浓浓诗意的跋涉者的心灵史之歌,是呼唤记忆的一条精神河流,更是诗人的诗歌创作在当前的最积极最自觉的选择。真正的诗歌就是诗人自己最坚实的声音,作为羌族诗人的廖琮应在今后的写作中,除了要继续坚持羌民族独到的特色外,还应该在写作主题上更宽广些，在思想和在诗歌语言的穿透力上多下些功夫，这也是我和更多热爱诗歌的朋友所期待的。

2021-04-02

作为诗歌的生命

一首好诗,或者是一首有生命的诗摆在我们面前,就能立即使我们心悦诚服地看到它不同于一支曲子和不同于一幅画。近几年里,我曾与许多用汉语写作的诗人,特别是青年诗人有着密切的交往,现在,我已经发现他(她)们都意识到了这一点,可是却没有能够发现谁确定地指出这一差异是什么。

我们也许能用下面的论点阐明这一区别:中国20世纪80年代出现的新潮诗人,作为中华古老民族文化的继承人,有一种能容下任何经验的感性智慧。他(她)们的出现是历史的必然产物,他(她)们的出现和当年李金发、洛夫的出现一样,一时还不可能被人接受或理解,我想这并不奇怪,而且是一件很自然的事。我在《骚动的巴蜀现代诗群》(见美国纽约《一行诗》诗刊1989年8期)一文的开始就指出,中国新诗潮是从20世纪70年代末北京诗歌群体创办的刊物《今天》开始的,实际上我说的是一个萌发的初级阶段。现在看起来，70年代所出现的这个初级阶段，对80年代中国新诗潮的诞生是具有决定性的意义的。自80年代初，中国一大批青年诗人开始了汉语诗歌写作严肃的独立思考。

我们共同认为的好诗，是具有生命力量的。我个人理解一首好诗的生命力量实际上就是诗歌的艺术生命。用抽象的话来说，一首诗的艺术生命即是诗人要给世界的整体意义，而这整体的意义又是诗人自己所构造的精神产物。因此，诗歌作为一门最高形式的艺术，从本质上来讲，它与音乐和绘画是有严格区分的。音乐是听觉艺术，绘画是视觉艺术，诗歌是语言艺术，而一首好诗应是有声有色的。准确地说，它应有生命内涵的多重性，更有现实社会的历史性和使命性。

诗歌的生命不是感情性的，而是"认知性"的，这是有相当一部分至今还没有意识到的诗人的可悲之处。要成为一个真正的诗人，应当对音乐、绘画、哲学、美学或者其他学科和自然界感兴趣。我们的古人不是说"读万卷书，行万里路"吗？一个诗人可能会对有的兴趣是无限制的，我们唯一的要求就是他把他的感兴趣的事物变为诗，而不是仅仅诗意地对这些事物的沉思。我所喜欢的洛夫、昌耀、岛子、欧阳江河、廖亦武这些诗人，像其他诗人一样，有着种种不足之处。然而，当他们用自己的灵魂写出一首好诗时，他们致力于试图找到思绪和感情的状态在文字上（包括诗的意象）的对应物这一任务，这就意味着，与那些不读书，自己认为自己有诗人天才，靠玩语言感觉（也写出过几首诗）的诗人相比，他们更为成熟，也更为出色。

是的，我们正生活在一个不断进发的社会里，诗人很可能一时不能被所有的人理解，这是非常自然的规律，因为人们的审美观念都是有差异的。我们的现实社会文明包含了巨大的多变性和复杂性，当这种巨大的多变性和复杂性在一个精细的感性上发生作用，就必然要导致不同的和复杂的结果。这个时候，我们诗人的目的就是要在多变和复杂的现实生活体验的基础之上，将诗的意境（语言和诗的意象）打乱，从而表达他的意义或思想。

诗的生命意识的开掘是多方面的，人的痛感、哀感、快感、爱感、疏离感、孤独感、焦躁感、忧虑感、错位感、对人生的失落感、对生的不安全感、对死的恐惧感以及对命运和自身的迷惑感，还有就是对永恒的追求，等等。凡是人的生命情调所具备的，皆可在诗歌中找到其对应的图景。美国诗人托·艾略特的《荒原》，法国波特莱尔的《不吉祥的花》，艾青的《礁石》，洛夫的《石室之死亡》，昌耀的《慈航》和新潮诗人岛子的《天狼星传说》，欧阳江河的《悬馆》，廖亦武的《人民》《大盆地》，雨田的长诗《麦地》，翟永明的《静安庄》在高层次的读者中广为流传，其奥秘就在于，诗人用诗的生命展示人的生命情调，这种生命情调既是个人的，又是普遍的。由此可见诗歌对生命意识的开掘已经深入到了人的潜意识领域。

生命意识的觉醒，是中国新诗发展的主要特征之一。过去有一种不公道的偏见，将一些青年诗人有个性的作品误解为宣泄感情的工具。而我认为，一首有生命的诗就是诗人灵魂的升华，诗就是诗人生命存在的方式，一个写不出有生命力量的诗的诗人，哪怕他的"诗"写得再多，发表得再多或集子出版得再多，最终他也只能是一个写诗的人，而不是诗人。

然而我们也应该承认，诗人不是天生的，诗人首先是极为平常的人。那么，我想应该由作者与读者共同来完成。一首诗的生命价值如何，古往今来，诗人与诗爱好者并非对此有清醒的认识。我认为一首有生命价值的诗，应有诗人自己一种灵和肉的配合，一种庄严、热烈和苦味、永恒和亲切的混合，一种意志与和谐的极罕有的联结，更主要的是是否在现实面前用自己真诚的声音说话。一个优秀的诗人，应用生命意识去观照他周围的事物，从中提炼出诗的意象，不然的话，诗的生命绝对无法升华到高层次的美学上。

我们从生命的角度去理解诗，这完全是符合诗的艺术本质规律的。一首有生命力量的好诗，它一定超越了语言的意义，但超越语言意义的诗从美学角度讲应是最高层次的，或者是诗人生命之光的闪耀高峰。生命意识能帮助诗人发现诗情，升华诗意。新潮诗人欧阳江河 1987 年 9 月在秦皇岛参加由《诗刊》社举办的第七届"青春诗会"上写出了有生命力量的《玻璃工厂》，我想当时他的心态就是玻璃的那种特殊姿态："凝固，寒冷"。内在生命对挫折与扭曲的抗争，使诗人的生命意识在对诗的生命之中得到了更进一步的升华。艾青 20 世纪 50 年代写的《礁石》,诗不长,只有八句,意在诗人自己"象刀砍过一样"的礁石。"礁石"这个象征物实际上就是诗人自己。"一个浪,一个浪/无休止地扑过来/每一个浪都在它脚下/被打成碎末,散开","浪"这个动态意象意味着现实生活的诗人灵魂的敲击,从《礁石》的整体来看,是有深远的意境和丰富的思想内涵,反映了诗人自己当时的生存状态与生存心理,具有人生经验的通感,更准确地说,是有诗歌生命的力度的,堪称诗人的佳作。

应该引起我们注意的是,我们众多的诗人基本上都缺乏一种强烈的生命感,我认为诗人的生命感就是诗人的生命意识,诗歌的生命与诗人的生命意识都是艺术生命的深化。自然,诗作为一种超越语言的语言艺术,它从生命的纯粹到诗的纯粹,都必须以语言的纯粹为中介。诗的语言永远都应该处于被创造的状态之中,这本身也是一个诗人存在的一种生命方式。

在这里,我要强调的诗歌的生命只凭借诗的生命意识和语言表现的审美的深化是不够的,它的生命价值应是诗人自己的生命意识与历史、现实的使命意识的和谐或者统一。

我认为诗人的生命意识是诗的艺术生命的总根子,而诗的艺术价值从根本上讲是一种生命意识的现象,诗的语言就是生命运动的符号,我们可以从诗中去透视生命,也可以用生命去观照诗情。诗人的使命不是在于去歌颂什么,而在于诗人独特地运用语言和将自己独特的生活感受用艺术的意境传达给人们。用诗去展示诗人的生命,由此可见诗就是诗人的生命。一首有生命价值的诗，应是平凡而又超越人生体验的，从一定的意义上讲，这种生命价值的诗不是归功于某个诗人，而是整个民族或人类共有的财富。

2020-10-01

精神帝国的守望

新时期以来，许多重要诗人的重要作品多在公开刊物上发表，尤其是一些青年诗人由此而成名，他们的代表作具有震撼力，有艺术生命的价值，不断为中国诗坛增辉。也有一些年轻人，他们不为名利，就是爱诗。他们在那里默默地写作，始终保持着文学的高度和纯度。我居住的这座城市的青年诗人山禾就是这样的一个人：他在诗歌界非常陌生，更谈不上名气，但他的这部《我和上帝之间》诗集里那些精美的诗章足以说明一切。应该这样说，山禾的这部诗集对沉寂而又热闹的诗坛来说是难得的。

没有读《我和上帝之间》诗稿的前几天，我还在思考这样一个简单的问题：中国的大大小小的诗人们，他们眼下都究竟在干些什么、思考些什么？也许我们可以这样认为：诗人们大概都诗意地栖息在阳光灿烂的大地上。我这么讲也许是我自己太作秀了，山禾以《我和上帝之间》告诉我们，青年人对时代有天然的敏感，又是创造力特别旺盛的时候，有感而发，自觉地以诗歌来展示自己活着的意义。

我从没有注意到,我生活的沈家坝还有这样的诗歌痴迷者。几天前的一个下午我才知道,早在20世纪80年代后期,山禾就读于四川的南充师院政治系。那时候,他就迷上了诗歌,并开始默默地写作,坚持到现在,这才叫难得。人们清楚,80年代,中国的诗歌流派林立,如"今天"的"朦胧诗","非非""莽汉""整体""圆明园""新传统""净地""撒娇派"等现代主义诗群活跃在整个诗歌界,就山禾读书的南充师院而言,先后产生了写出《中文系》《硬汉们》的李亚伟,写出《空气,皮肤和水》的万夏,写出《手榴弹向太阳投去》的昌宾,写出《北川女》《黑石》的已故诗人范文海等有影响力的诗人,但山禾的诗歌与山禾本人的存在纯属是独立的,与那些诗歌流派和诗人毫无关系。

诗人不是谁的代言人。严格地说,他甚至不为谁的信念所左右。山禾在写《面对一只瘦弱的羊》时,他诗中的意象——"羊"只"守候着一棵属羊的草",并"期望在沙漠中也留下/寻草的脚印"。我想,这首语言朴实的诗体现了作者内心世界那种超越自然的声音。特别是诗的结尾,他这样写道:"一只瘦弱的羊/守候空寂/怀想蓝色的天空/在孜孜的寻找。"我非常喜欢这首诗,它给读者留下广阔的想象空间,也让我或多或少了解了诗人自己的诗歌观念,短短的十八行文字有整体感,并由此构成了诗的美丽、神奇和丰富。

读完山禾《我和上帝之间》整部诗稿后,我不得不承认他的诗歌语言非常独白化。可以断言，他的诗歌是以人的主体性存在、人的主体性思想意识、情感心理的表现作为他自己根本的艺术目的。写诗的人都明白这一点：在独白的话语方式中，语言主体的表达不具有对话、交流、探讨、存疑和开放的性质。独白语言是语言主体自我表现、自我论断的语言。尽管山禾的诗歌语言主体是以个人的方式表达关于自身、关于他人、关于世界的思想的，但他的语言主体却并没有使他自己的这种表达仅仅成为一种个人话语。山禾在独白话语境界中，由于不可能存在他人的声音，不可能存在来自另一语言的存疑与反驳，这对于一个老练或成熟的诗人来说，语言主体的表达既是诗人自己个体的表达，同时又是唯一的表达。山禾的《上帝的孤儿》《无奈的小黑点》《荒原》《孤独的独白》等诗作的语言独白化和语言主体对他作为诗人的定位是恰到好处的；另一方面，他则以一种自我确认、自我充实的方式标示出了语言主体作为一种人格化的自我主体存在，也就是说，山禾作为诗人的独立人格和作为诗人的自我意识在他的诗歌里得到充分的呈现。

我不认为《我和上帝之间》里有关爱情失落的主题，只能作为单纯的诗人痛苦来解释。《我和上帝之间》的第一辑纯属爱情诗，写得真切、缠绵、动人，就像一杯美酒品起来有滋有味，这证明诗人爱他所爱的人爱得很深刻，不然的话，就不会那么忧伤和痛苦。我想，这对一个诗人来说，只要值得他去真爱，就是再痛苦的精神历程我们也得承认这实际上是一笔难得的精神财富，诗人自己更应该感到这是一种无上的幸福。山禾是一个对痛苦生活展开精雕细琢的人，他的大部分爱情诗都洋溢着敏锐的洞见，这使他过早地接近了诗歌悬崖边缘。《等》《我躲在雨里呼唤你》《关于爱的另一种诠释》《朦胧》这几首诗作是他爱情诗部分中的优秀之作，特别是《树》这首短诗，只有八行，写得抽象，有立体感，具有象征主义的意蕴，我在最初翻阅这部诗稿时，就被《树》感动了。记得是在几天前一个有阳光的下午，我和一个文友在芙蓉溪边的李杜祠喝茶时，还特意把《树》读给她听。

山禾是精神帝国的守望者，这是我读《我和上帝之间》的总体印象。他不像我把诗歌视为生命，但他是用他自己的真情实感在喂养着他极为丰富的精神生活，同时也在净化他的人生。我在这个刚刚开始的冬天，触摸到了《我和上帝之间》朴素的实质、意气饱满的内核。山禾以他的诗歌实践证明，在精神生活贫困的今天，热爱诗歌的人不是没有，而是大有人在。读他的诗，我感到了他潜在的温暖。如果要我准确或整体地评价山禾的诗，我只能用这样四个字来概括：情真意切。

最后，让我重温山禾的《我和上帝之间》的诗句：

　　……上帝在时／谁都拥有授意／上帝死了／谁还在梦幻　叹息……

山禾的笔调是冷静的，清除了传统诗歌的宏伟、典雅、绚丽等修饰的手法，总体说来而归于细致和凝实，力求写得真实，写得准确，同时又注重意象的跳跃、内涵的联想、语言的穿透。即使有些诗中的情调是灰暗的，而山禾诗的主体内核却浸透着理解的同情和关爱——他的诗，有一种当代文化人的品质，即心智和感情的诚实，更有一种暗藏着的温暖、炽热和美学意义。愿山禾今后的诗歌更个性化，在诗歌界独具光芒！

2019-12-10

歌唱生命　歌唱死亡

当今的中国诗坛，可以说是尴尬的局面，我们当然不能简单地怪罪于诗歌，实际上是我们的诗歌写作者的意识出了问题。说句心里话：举办诗歌大奖赛之后编印一本作品集已经不是什么新鲜的事了。然而，让我感到某种近乎强烈的欣慰和庆幸的是，以生命死亡主题的诗歌奖赛在国内应是首届的。一部文学作品，当然也包括我们编印的这本作品集，在这个世界上肯定是微不足道的，但我们非常清楚地知道，我们的经历（指生命存在）和创作本身意味着什么。一个诗歌写作者，如果说他是一个独立的诗人，或许他非常优秀，但极其清楚的事实是：他的优秀迫使他的作品保持相当程度的独立，这是建立在历史、社会和文明之上的悖论。

这次"九龙山杯诗歌大奖赛"没有官方机构的安排，可以说完全是出于我们对诗歌的热爱。应该说我们的生活已经基本地富了起来，那些不缺乏知识的人们不知缺少什么。我在想，一个民族，一个社会，其人文素养的高低，既是其文明程度和生存状态的重要标志,也必然是其发展、支撑的底蕴,它特别需要全社会来关注和努力。

我们从"九龙山杯诗歌大奖赛"来看,在短短的两个多月时间里,来稿像雪花一样向我们飞来,参赛者有军人、学生、下岗工人、教师、公安干警、机关公务员和已经离休的老人,他们遍布广东、陕西、宁夏、广西、重庆、四川的六个省,来稿的作品几乎无一不具备这样的特质:对生命个体终极关怀的追求极其真诚、极其纯粹、极其执着,乃至融入也支撑了他们整个个体生命和精神境界。

由此,我想到获奖作品嘉江的《九龙山抑或一朵盛开的菊》一诗。作者以"血肉的终极","站'在生命的高原'并'洞穿了九龙山的空灵'",这让人想到命运的主宰。那一朵盛开的菊只是一个象征而已,在无可奈何之中,诗人只能想象,用"流淌着暖暖的烛光","书写着生命的诗篇"……从这首诗中,我们不难看出诗性意义中的想象性含义以及情感起伏跌宕而形成的内在的节奏和旋律。这首诗,绝不是去说明一个概念,其中处处充盈着诗歌本身意境的构想。

对于诗性意义的发掘和构想,需要诗的敏感和直觉。这便是在寻常中发现不寻常,在别人司空见惯的表象中发现深刻的内涵。诗人蒋雪峰从极为普通的白鹤意象,挖掘不同凡响的诗性意义:

一千只白鹤把我亡灵运回故乡/一千只白鹤在长

空的哀鸣如星光灿烂／所有熟知我名字的人啊／熟睡得多么宁静和安详／我已看见美梦在他们枕边详细地开放／依靠终生的事物／像茂密的甘蔗林／迅速地填补着我身后的黑暗／一千只白鹤洁净的羽毛／足够掩埋我的灰烬／足够让我的灵魂与天空同归于尽。

蒋雪峰的《一千只白鹤把我亡灵运回故乡》，让我们体察张开翅膀的生命状态，那种身不由己，在旋涡中无法挣脱的困境，是整个人类面临的恐惧和悲哀。然而，诗之内涵和穿透力，并非仅仅是抽象出来的意义，而是验证了生存的事实和想象的距离，正是这种距离，使这首诗更有吸引人的无穷魅力。

收进这本集子里的不少优秀诗篇值得一读，如南荒的《献给死神》、程永宏的《走过墓园》、谢云的《我不在九龙山就在通往九龙山的路上》、郑直的《生命之传》、野川的《注视一只死鸟》、杨荣宏的《暂停》、山禾的《到九龙山看望一位朋友》、何志向的《活着》、安儿的《我所热爱的是这些尘埃》、广林的《北方》、张英的《母亲》和黄晓利的《归宿》等作品都有各自的特色；李瑞阳的《感悟九龙山》、程诚的《游九龙山》、子言的《九龙山感怀》、王敦的《咏九龙山》和李芝荣的《讴歌九龙山》等古体诗不仅是简洁文字背后所渗透出来的浓浓诗意，而且表现的是诗的肌质本身的美感。

如这样的诗句"神话相传乃仙山／故终回家归福地／苍松翠柏花鸟语／世人怀古好山川"，似简单纯粹，但却勾画出一种情境，可容纳万物的单纯中的丰富，意味十足。

我不想在这里对集子里每件作品进行评定，我只想表明它的某种局限。一个诗人能够做多大贡献和得到几分报偿，恐怕谁也无法计算，不过，幸而这绝不会影响一个诗人的真正写作。一个优秀诗人的写作总是自觉和固执的。作为一种精神实体的诗歌，它不仅在召唤人们某种程度上的觉醒，而且，它揭示一种内在的完整和纯粹的可能，以及精神现实的流逝过程。

一切解释都是多余的，我非常清楚地知道：一个诗人一旦写作，他就已经与他的国家和民族的命运联系在一起。他的使命始终是，维护和发展作为一个民族最值得自豪的语言。爱和恨，追求与放弃，构成了诗人的整个动力和内容。诗人被永远拉入梦幻、回忆与向往之中。

2021-03-06

诱惑的魅力

认识张怀理是在 1983 年夏天，去成都参加第二届四川省青年文学创作会等车的火车站，那时他是一位军人，给我的印象是质朴而不苟言笑，甚至有些古板。后来，他发表在《青年作家》（1985 年 11 期）上的一首题为《诗》的诗吸引住了我；再后来，我们的交往就更多了起来：常常在一起喝酒、谈文学、谈人生、谈女人、谈痛苦的爱情；再后来，他娶了陆军医院里的一位非常漂亮的护士，并且从军营跨进了大学的校门，他大学毕业不久就脱下军装穿上了警服。但不管怎样，这个舞枪弄棒的家伙是一直坚持业余创作的，他的诗、散文在部队和地方都获过好几次奖。

张怀理和我是同龄人，然而，他有一颗沉潜的慧心在注视着眼前的一切，他的作品，特别是近一两年发表的散文有相当多的一批读者，他常常收到来自全国各地的一些读者的信。真的不知道为什么，我对他的《金橘》(《散文》1989 年 1 期)、《石牛》(《散文》1989 年 2 期)、《昨夜星辰》(《绵阳日报》1989年6月29日)、《背影》(《绵阳日报》1989年8月8日)等作品很感兴趣,并且一读再读。这究竟是什么样的诱惑在吸引着我呢?好奇心又促使我翻出他的作品细读起来,但读了作品之后,却使我感觉到这小子制造散文还有两下子呢。他写的都是些平常的人或事,但作品的情调并不平常,反倒有些含蓄委婉,颇具文人气质。读张怀理的散文,你会感觉到他的语言非常平淡,并且极自然流畅、浑然一体。仿佛觉得这些自然的语言是作者信手拈来的,毫无生硬费力、矫揉造作之感。真正的文学艺术作品应是读起来非常自然的。读张怀理的散文,我有这样一种感觉:如果作者不是有较高的文学修养和敏捷活跃的思维的话,我断言这些动人而又平常的文字不可能出来。如果以张怀理给我的第一印象,实在不敢想象这些作品竟会出自他的手。

《石牛》和《昨夜星辰》完全是两篇同一题材的散文,然而,无限的人情味却从不同的角度透露出来了。作者对所借的事物的叙述非常讲究,从客观上看起来好像是冷静的,但从主观上来看,两篇散文都始终贯穿着作者对现实生活的感受和无法平静的心绪,也许是古老小镇上那头"卧于西端"的石牛或现代文明城市的夜晚里"皇后"舞厅歌女的歌唱声,都被作者染上了一层浓郁的心情色彩。《石牛》这篇散文的语言清新,描写抓住了事物的特征,读起来神情逼真;《昨夜星辰》虽文字不多,但读后妙趣横生,画面清晰,情深意浓。

我读张怀理的《金橘》时,隐隐地觉得他的作品贮满一种诗意。真的，他的这篇散文行文自然，缜密优美，富有浓厚的诗情画意。后来，在1989年7期的《中学生阅读》杂志中我又读到了《金橘》。从简练的文字可以看出，作者在现实生活中积累的实践经验与知识，对有着纯朴、耿直性格而又"乐观、豁达、孩子般天真活泼而又灵魂美丽的"的老花工有着钦佩与敬重之情。外表上看，这"一株老树"是一个在传统文化和社会生活长期重压下性格被彻底扭曲了的老人。然而，读罢《金橘》之后，我并没有感到生活的沉重，而是实实在在地感到人与人之间都能理解，特别是从心灵深处开始理解的。我认为《金橘》是作者对人性的超越。

《背影》是张怀理的近作，读罢之后叫人拍手称好，《背影》的确算得上是他的上乘之作了。说句心里话，继朱自清先生写出《背影》之后，我读过好些以"背影"为题的散文或小说，但读后都叫人失望。而张怀理的这篇《背影》就艺术而言，显然是超过了朱自清先生的《背影》的。不管怎样，张怀理的《背影》不会有朱自清先生《背影》的价值，这因为他们所产生"背影"的时代和历史不一样。朱自清先生的《背影》重在写景抒情上；而张怀理的《背影》功夫却在人性、人情上，相比之下，后者的"父亲"形象或艺术境界要可信些、动人些，更有诗意些。

思想感情，是散文的生命灵魂。张怀理的《华岳走笔》（《散文》1988年1期）、《故乡，我是爱你的》（《精神文明报》1988年2月24日）、《我有一半是给她的》（《妇女生活》杂志）等作品都写得不错，我想，除了他具有朴素的语言优势以外，更重要的是他能从古老而原始的民族文化之根处挖掘那种强烈渴望获得新生的潜在活力，他给我的诱惑或魅力在艺术的真实或他人格的真实。

张怀理，我和更多的读者期待着你的更多更美的散文作品问世。

2019-02-03

阅读青年诗人袁勇

就中国诗坛的困境，我又能说出什么呢？当前诗界（包括诗歌评论）的悲剧在一片沾沾自喜"自我超越"声中，很悲惨地陷入一种新的困境。在这里，我要说明的是：诗是诗人的一种想法。诗不能暗示什么，诗也同样不能象征什么。诗就是诗。诗就是诗人心灵的坦露。真正的诗是绝对有无限的生命的价值的，诗歌是语言艺术，而诗歌的本质是直接展开与生命的对话。然而，我们回过头去看一看近几年的诗坛，就不得不承认中国有几个真正的诗人留下了几首真正的诗。一批又一批游击队似的"诗人"们过去了，他们口号般的宣言或主张从耳边飘过，现实是一个最严酷、最无情的法官。说到底，写诗是一种活着的艺术，做人却是一种过程。现在，摆在我面前的这首《黑光》的诗歌，是青年诗人袁勇君的近作。下面就谈谈我对《黑光》的两点看法。

一是《黑光》里的玄学与时代精神的本性。

首先应该说明的是：《黑光》在文化背景的意义上来讲，

是袁勇君诗歌建设的全新的生命的形态。说实话，我内心深深地掩藏着的对中国当代诗歌的深刻的绝望没有了，《黑光》是用现代人的思维方式重新反思东方的民族文化，是具有中国当代诗歌的革命性和先锋性的真实的温良和全部的高贵的生命原质。正是因为这一点，玄学贯穿了《黑光》的整体，为此，我并没有感到奇怪，而且能理解诗人导入事物的本质和一个价值的光辉形成。"思想和语言、智慧和纹样，从一个脆弱心灵出发，获得无限幽远的洞见力。'玄'就是衡量'慧'所能达到的空间深度的最高标尺；'玄'是起点也是终点，它叙述了诗人卷入迷津与之搏斗的全部历程。"（朱大可语）

一些微尘死在另一些微尘里
结果有了更大颗粒的尘土
一些光明死在另一些光明里
直刺而来的是炫目的光明
瞧啊兄弟　空中那只苍鹰
带着强劲的旋风正威逼竹丛里的雏鸡
死的利爪和生的光芒
像草一样繁荣又像草一样荒凉
那奔跑而来的孩子像一块黑铁正穿过远古岁月
大地不知不觉中绿了
而教堂尖顶在晚钟声里像一杆金枪刺向苍穹
在这个夏季的栅栏处

如蚁的人群无声地挥动他们的手臂
在眼前的一具棺材里
一个死婴在哭泣

　　毫无疑问，诗人为走投无路的生存在制造一种悲伤的场面，从一个更阔大的视界里探求事物的形态和因缘，我说过是令人害怕的经验，完全可以视作诗人内心深处的一种文化玄学的意义。玄学在《黑光》里表现得足够充分了，其时代精神的本性也在诗中不断地显露。这样，"人类要在生存并取得新的自由，只有接受并使用传统"（马林诺夫斯基语）的辩证关系，才能完全体悟到诗人在这里深藏着诗的生命的主题意识，成为时间民族走向黑暗的永恒的先锋卒子。
　　二是诗人的痛与诗的生命。
　　从《黑光》里我们可以感受到诗人对现代社会中人的自我异化危机的焦灼和抗衡。是这样的，一个充满良心的诗人面对无边无际的黑暗的吞噬和淹没一切的时候，难道说他是不痛苦的吗？
　　痛苦是诗人的触角，袁勇君的触角伸向了人类，在《黑光》里，我们看到诗人被强烈要求着他的超越性，使痛苦像他的艺术生命得到升华。在今天，诗人们怎样重建诗歌精神的圣殿？这不是一般的问题，它的确要我们诗人去深思，去回答。诗人的痛苦本性在于，它是启迪人的生存的伟大信念，或者说，它是显现人在人类中不断思考的一种精神境界。请看：

猎人巡行在夜的丛林

他握枪的手被一朵花染香了　狼来了

临死时他说　我无力打穿这苍茫的黑暗

他最后的血　被狼舔食

那血里残留着的梦和爱情　在狼腹

他成了苍茫黑暗中凄厉的长嗥

这动人诗句并不仅仅是辞藻的华丽和描写的生动，诗人很自然地反映了人的肉体被"野兽"分尸的痛苦。在这里我必须指出的是从袁勇君的《黑光》里，我体会到一种现代诗的生命和价值的感觉，而这种感觉也是痛苦的。当然，也正是这感觉上的痛苦才能使我从诗的外表去进行寻觅。诗人，实际上每个真正的艺术家都是这样，他们在痛苦地建设着人类的艺术生命。如果没有他们首先（体验）痛苦，是不可能获得真正的艺术生命力的。再请看：

兄弟　让我们抱着痛哭一场

像两块黑的天空突然撞在了一起

在这个夜里　让我们粗糙的手臂缠成一条绞索

在那棵散发亘古土香的树上

绞碎那块块坚冷的石头

…………

看来，诗人组织语言的能力是惊人的。尽管一首诗的主题可能是发自一种生活体验，而就艺术的整体而言就不仅仅是这样，它可以来自诗人对整个生活的体会。袁勇君的《黑光》体现他经历过的和正在经历的以及将来还会经历的一种情感的东西，而这种情感的东西是只能悟得到却看不见的，这种情感是痛苦的，它不仅是诗人个人的痛苦，更主要的是整个社会和人类的一种痛苦。因此，这正是《黑光》的成功之处。

诗人并不是什么神，他只不过是写诗说话的人而已。从古到今说明，中国这块古老的土地是养育诗人的宝地，人的本性强烈地要求我们的诗人说真话。然而事实又怎样呢？我们目前很难得出准确答案。前一个时期，整个诗坛前赴后继的，践踏着舒婷和杨炼等人蜂拥而上，从这个诗歌运动中，崛现出欧阳江河、廖亦武、翟永明、海子、雨田、周伦佑、宋渠、宋炜、骆一禾、万夏、柏桦、陈东东、西川、刘原、开愚等人的身影，他们的神圣的诗的语言握住了许多人，他们各自开始建设自己的艺术世界。而目前，除海子和骆一禾已逝，其他的都深陷于一种困境之中，但我深信这种困境是诗人的一种沉默的集中表现。

最后，我想说明一点的是袁勇君的诗，过去除他发在《阆苑》报（1989年11月）"火鸟"诗专号上的组诗《红与黑》外，其他的我都没有读过。组诗《红与黑》里的《火之诗》《木材》《盲人》等也写得不错，诗中道出了他自己的一些想法。《黑光》这首诗先给我时是叫《保卫太阳》的组诗，诗中虽有佳句，但给我留下的整体印象却一般，他后来改为叫《黑光》，印象就又不一样了。当然，更主要的是《黑光》与《保卫太阳》的建筑结构是两回事。在这里，我要强调一点的是，《黑光》修改过程是高度自觉的，我们可以一步步循着诗人的思路，看到他在直觉深处发掘更深刻的意义，就像一名雕塑家在原始材料的纹路和形状的基础上，超越地塑造出一个完整的艺术形象。

我相信《黑光》这首诗是昭示了诗人自己"灵魂里质的真谛"的。

2018-01-29

漂泊在江南的乡愁

诗人杨剑横在我的印象中是一位谦虚、低调的君子。近些年来，他阳光、率真，行医在江南的杭州，但他骨子里总是透射着一种诗人的气质。说真的，在这样一个不断错位、人性与兽性纠结的时代，一位俗气甚深的医者还保持着心境高远和对诗歌的敬畏，真是实在难得的。

在和杨剑横交流时，我知道他幼年生活在川北故乡的盐亭乡村。他虽然后来到了城市读书、工作、生活，可是在他诗歌的书写中，总是展现出一条属于他自己的心灵的回乡之路，以点燃他因漂泊在异乡，又沉浸在黑夜里的孤独灵魂。

几次翻阅《流浪在江南》的诗稿，我发现杨剑横没有盲目地模仿外国诗歌流派的写作手法和当今诗坛一批所谓的"口水诗"语言的写作痕迹，这说明他是在用自己的诗歌语言和自己的表达写属于他自己内心的东西，而这种纯粹的自由性、个人思想性的写作，真实而具体，没有什么精神上的束缚。我想说的是，在表达方式上和思想上，杨剑横的这部《流浪在江南》

诗集是值得肯定和赞许的。

也许在杨剑横的记忆里，西湖、千岛湖、灵隐寺、秦淮河、中山陵、大运河与乡村女、孤儿、石匠、补鞋匠、乞丐、流浪猫等作为切入点，以一个流浪者的心境营造着属于他自己的诗意空间。或者说这些记忆本身就是他深邃的思念与痛苦，谁又能说这些诗篇没有包含着作者自己的思想与灵魂呢。

杨剑横是一位有想法的诗人，他的诗歌具有耐读的"正能量"和耐品的时空穿透力。这里值得一提的是他的《鲁迅故里读鲁迅》《醉忆西湖》《品西湖龙井茶》《花开正当时》《地球病了》等作品，看起来基本是一个广泛而带有普遍意义的题材，许多古今中外的诗人都抒写过，其中不乏有些经典名篇。但要写好这类大家熟悉的题材确实不容易，很容易雷同、重复或公式化、概念化，因此缺乏诗歌的生命力。我在阅读杨剑横的这些作品时，发现他的观察力和写作的经验是丰富的，他的这些诗歌语言清新脱俗，意境与情感熔为一炉，有血有骨的诗句凝重与清丽兼得，显得较有特色，令人赏心悦目。

我想，在今天的全球一体化的浪潮下，在更为复杂的现实生活里，我们获得的更复杂的经验，当然需要我们采取多样的语言策略和表现手法来协调其语言与诗歌之间的关系，使之对称于更复杂的现实和人性。"黑暗的社会，破帽遮颜过闹市／罪恶的制度迫害，躲进小楼成一统／胸怀天下苍生，只将／瘦弱的身躯埋进厚重的书堆／拯救灵魂，复活思想／觉醒世人／一声声雄狮呐喊，威震五湖四海／一部狂人日记，点燃时代沸

点 / 一支辛辣的秃笔，戳进腐烂的心脏 / 横眉冷对，力扫枯枝败叶 / 新青年的流动 / 冲破世俗与黑暗"(《鲁迅故里读鲁迅》)，这样一种恍如隔世的追问，以"冲破世俗与黑暗"的蓦然呈现，获得了诗意的存在感。我认为杨剑横这些有骨感的诗句，拓宽了诗人自己的内心世界。

"在一堆堆杂草之后 / 玉米棒子亮出生命的清爽 / 当她饱满润滑的乳房 / 弥漫泥土的芳香 / 田野里的安静 / 成为最具诱惑的一种激情"(《山村女人》)，"我们在树下的山坡上放声歌唱 / 背兜里装满昨晚上的雨声 / 我们的家园，土路弯弯，坡坡坎坎 / 穿越一山又一山 / 父亲常常奔波在路上 / 母亲挑着希望的担子 / 背着来年的丰收在田野 / 家园后面有座大山 / 山顶栽种西边的云彩 / 她说：夜晚的月儿弯弯 / 像我割麦的镰刀 / 砍下的树，插在天上"(《那时》)，读着这些朴实的诗句，我不能不说杨剑横真的是一位用生命的真实体验来叙事的现实主义的抒情诗人，他的那种思绪的情怀里，隐藏着一种诗人本色的淡淡的忧伤。

说实话，一个诗人想要替另一个诗人总结他以往的写作经验是比较困难的。我们清楚，任何个人化的写作经验，都是难以用某种抽象的逻辑思维来进行评说的。

杨剑横这些年漂泊在江南，特立独行。他的这部《流浪在江南》诗集，有不少是写乡村题材的诗。他除了描写故乡川西北丘陵的山川地貌、江河溪流和风土人情外，还写到了岷江、大凉山和神奇的九寨。无论是家乡静林幽谷中的布谷鸟声，还是父亲母亲的艰辛耕耘,无论是山村女人以及变老的旧宅,还是乡村平凡的日常生活,都能在他的笔下化为动人的诗章。

难道不是这样的吗?浪漫的千岛湖,西湖的残荷,杭州的秋雨之夜,故乡的音符,还有母亲在小河边的捣衣声……这一幅幅自然的美景,给生活在工业化乌烟瘴气中的我们,带来了一种诗意一般的令人神往的气韵!

读杨剑横的诗,令我想到了他的乡愁情结。事实上,每个漂泊在异乡的人都会有思乡的本能。他写过《幽深的小巷》,他在诗中只是一个旁观者。其实杨剑横许多写乡村的诗都有特色,那是他挥洒汗水,用生命换来的切身感受,譬如:

这个地方就是我的伊甸园
冷了在院子里晒太阳,热了在树荫下乘凉
听听我的小伙伴黑熊打呼噜的声音
　　　　　　(《我要回乡下》)

吞噬一片片夕阳,残阳如血
我没有抽刀断水的力气,流水是砍不断的愁
千愁万绪也理不断
　　　　　　(《迷茫与彷徨》)

这是我难得读到如此细致描绘乡村生活的场景和另一种富有哲理性特色的诗句。其实杨剑横写作的题材十分广泛,有表达人生体验的,如《流浪在江南》;有预示人类命运的,如

《地球病了》；有探讨自然与人的，如《旧屋》《家园》《大山上放歌》《水井》。他的这些作品中难免有些悲观，表现出某种惶惑与迷茫，但总的说起来，他的诗歌基调是积极而又乐观的。

因此我想说，乡愁是一个永恒的主题，我也眷恋着这样的主题。作为文朋诗友，我真的愿意看到杨剑横保留着原属于他自己的那份真实，用悟性去完成对诗歌语言的突破。

这也许是我们共同的期待吧。

2021-08-11

精神帝国的王子

认识程永宏是三十多年以前的事,那时候他还是个中技校学生,但真正开始注意他的诗,却是从1987年夏天开始的。这个夏天,我参加了《诗刊》的创作会,在北京与著名青年诗人、诗歌评论家唐晓渡和王家新谈论中国现代诗歌现状时,唐晓渡向我介绍说:你们绵阳市有个程永宏诗写得不错。说实话,我注意程永宏的诗是从不自觉到自觉的。而这一切,都是他诗歌中的一种精神力量征服了我。

程永宏写诗足有近十年的时间,他对于绝大多数读者至今都是一个诱惑与焦虑而不得其解的谜。更准确地说,他的诗除有一种精致的形式外,还有一种诗化哲学的表达。

《呈现》(《诗歌报》,1989年8月21日)这首诗是写农村题材很有现代感的好诗。好在程永宏不像通常人们所习惯的那样,去写农民怀着无比喜悦或兴奋的心情怎样收获,而是站在一个哲学家的高度,向我们"呈现"出一种比较复杂的对中国农民命运的观察与思考。也可以说是一曲对土地始终渗透着一种难以言说的悲怆的恋歌："土地在某一时刻，呈现一种悲哀 / 鸟的声音游过农人的脊背 / 你紧握镰刀的手握住心跳 / 收割便如同遗忘如同背景在沉重的倒影下流逝。"

"挂在树上的火把燃烧 / 你裸体于收割后的土地 / 呈现无法表明心境 / 痛苦和幸福混合，你的骚动在夜晚清晰如水 / 你想抓住一种声音，一种超出鸟的声音 / 河流自你的脚掌流出"，我们读这些诗句，至少可以感受到它那非常不一般的意象设置。要理解或把握这些有社会内容和生活哲理诗句的真正含义，仅有对农村生活的观察和体验仍然是不够的，还需要有对现代诗表现方法的探求和领悟。《呈现》这首农村题材的现代诗，它的成功之处不仅在于这种语言构成和表现方式，更在于它体现了现代诗的精神实质——人本身的观照意识。

诗人的精神是以人类精神为基础的。而诗人的任务除了为自己外，同时也为他人弄清他所处的那个时代和社会发生的暂时性和永久性的问题。也就是说诗人必须是历史的证人，诗就是历史的见证。我们读程永宏的《雕》(《诗刊》，1989年9月号)，会被他那种细致的真诚、善良与温柔感动得潸然泪下，因为他那种充满人道主义精神（人情味）的诗歌升华为一片属于他自己的精神天空，在这片天空之下，程永宏在他自己的屋子里沉思着，忧愤着，痛苦或孤独着，然后他"打开自己的躯壳 / 把风和雨注入"。我们再看看程永宏对生活、社会、历史、政治、文化的透彻分析和深刻处理："石头 / 木头 / 泥土"作为原材料，"雕者有情无爱 / 雕者住在你的情爱里 / 你

看不见雕者 / 雕者看不见自己",这是作者对生活的一种发现、一种忧虑和一种批判,因而就更接近于生活的真实。

在我看来,任何一种向往都是对人类文化和人类精神的加入,程永宏的组诗《向往草原》(《人民文学》,1990年9月号)使我们获得一种存在的深度,获得对生命价值的辽阔气度:

草地在家之外,在一片牵挂之中
生命滋长
抓住雨落的声响
涌动的感觉传过牧人的头顶
　　　　　——《雨季:草原》
鸟留下一粒草籽
我的手掌萌发一片嫩绿
　　　　　——《窗前:一只鸟来自草原》
草面云烟氤氲
潮湿的牛羊起起伏伏
柔和的曲线布满草原
你信马由缰
脚没入深草
你感觉到一种波涛在晃动自己
　　　　　——《风吹草地见牛羊》

此外，程永宏的《墓地》(《未名诗人》，1987年月号)、《浴》《季季之间》(《剑南文学》，1989年5期)、《狂欢》(《诗潮》，1989年4期)等作品，都是以直接提示人的精神世界的内容为基础的，也体现了人类精神的主要内容——行动、感情和激情等，算得上是程永宏的佳作。

　　现代诗作为对生命的最深刻的体验，已成为诗人们的最终目的，他们肩负着人性的超验使命，向着生命的尽极而去，而这里我要说的是程永宏在现代诗的建筑中，正建设着他自己的精神王国。他的诗不仅在语言上风格独特，而且在诗歌艺术生命整体的哲思深度与内在的张力上，构成了对读者的惊奇感——这就是程永宏的成功之处。

2021-10-02

自由的尊严

在所有我没有见过面的诗人朋友中，张盛科是让我最感动、最费神、最苦恼的了，他逼使我去追随或者去抗拒。说句实话，他不是我最喜爱和给我享受、给我激励的诗人，如牛汉、孙静轩、昌耀、洛夫、周伦佑、廖亦武、欧阳江河、翟永明、梁晓明，当然还有其他一些诗人，但是在这些我喜欢的诗人中，他们中间没有一个需要我去对他的作品进行争论。而我几次翻阅张盛科的散文诗集《心灵自白》的书稿时，内心总是有一种无法说清的感受。因此我试图对他的散文诗作品说点儿什么，但几次拿起笔不知为什么又放了下来。

初读《心灵自白》书稿，我感到这几乎是一部庞杂、含混的作品。在看起来有点儿像"象征主义"味标题的背后，我们可以读到形形色色、纷纭叠现的各种主题，譬如社会政治、哲学沉思、生命体验、个人精神，乃至情感、信仰和欲望，等等。这些与那个我想象中一直坚持自由写作、不屑于与当代诗坛发生关系的诗人形象，真有些格格不入。

说句实话，对于当代诗坛来说，张盛科散文诗作品那种孤僻的纯粹精神驰骋，早就引不起人们的兴趣，而且他那种呕心沥血、几年磨一剑的追求，也太不时髦，几乎成了一个神话——不幸的是，张盛科依然我行我素，置身于这个神话的中心地带，带着仿佛已成宿命的顽固，苦心地守望着属于他自己的那片精神家园。这种一意孤行的态度，使他与当代令人眼花缭乱的汉语诗坛之间的裂隙越来越大，使他在众多的诗人中显得更加孤立孑然，乃至近乎偏执。

当我再次阅读张盛科的《心灵自白》书稿时，我彻底地意识到他的那种孤立孑然和偏执完全征服了我。我很容易想到这点：他的语言有着民间智慧的尝试和愉悦，有关自然和诗意的声音，更有生命的高度，其实张盛科的散文诗语言，我个人把它理解为一种鲜活的、具有独特形态的个人图像。这个张盛科，这个纯粹的诗人，这个守望精神家园的歌者，我从未觉得他模糊不清。在张盛科的散文诗中，其语言和想象力空间完全是一种高高在上的纯粹精神，如《永不再射响》《我叫我的心儿写下这可怜的诗文》篇章中所形成的激越、磅礴、高蹈的抒情风格，给人带来一种仰望、敬畏，以至不得不回避的阅读效果：

> 我相信，那最初设计的构想必将来临，它像绿戈石一样支撑着，让我尽快在坟茔和圣殿之间选择，错了将是黑暗的残酷，否则是一片贵族化的玛瑙的眼前，当白发一根一根深入时，我听见了内心恐惧

不安的声音，不时地向我袭来，折磨我，酷踩我。面对像大理石闪光的堰河故地，向我日益崭新，向我显现完美的轮廓，时而朦胧，时而静思。可我的理念被偶像纠正，总是走不出这个光亮的绘制规则，这任我一下子失去了头颅昂扬的命运，我不能不站在堰河水边缘，重新打理早衰的企望。

——《永不再射响》

我曾用过割奶子草的手、砍过红柳的手、刨过冰块的手，多么想写出下一行绿洲水上映上我幽篁的影子。让我淡暗的人生亮丽奇葩，让我贫寒的脸相熠耀，可这已耗去了我几个十九年呢？

——《我叫我的心儿写下这可怜的诗文》

我们面对这个激情澎湃的文字抒情，几乎想象不到它是如何诞生、成长，最后形成活生生的艺术生命的。我只是感受到一种"气场"横空出世，扑面而来。复杂的汉语语言在张盛科强力的操纵下，被动地承载诗人自己的苦痛、沉思，乃至英雄式的激情征服世界的欲望。这与当代诗歌写作中要求解放语言，还语言以主体的呼声大相径庭。我从张盛科的作品那里得到许多享受，可是什么也没有学到。他内在的气质是不可能学到的，因为作为诗人的张盛科是独一无二的。

张盛科的作品告诉我，他并不是那样完全幸运，在我看来，他有时是灾难性的和痛苦不堪的。难道他真就那样认命了吗？不！他的《我没有摆脱的忧虑，望着深暗树林的另一种影子》《一颗流星，坠落了，随着坠落的还有清泪》没有让我失望。说起来也怪，我想做的却做不到，而远在湖北的张盛科却偏偏做到了，还偏偏是奇特的、优美的，也是非常折磨人的：我的视野摆脱不开他，我还必须与他一道奔跑。我在祝愿他成功的同时，还从他的作品里再度找到了我们这个时代的那种僵化与分裂的答案——这也许是我的意识在开始枯萎了吧。

说句实话，张盛科散文诗集《心灵自白》中的一些令人回味的篇章正悄悄改变着我对他过去那种古典抒情气质的固有的看法。在《思想的声音是否比梦更为强劲》中，我们看到了张盛科的真实，他这样吐纳徐缓，伴随着语言的呼吸而渐渐展开的诗意画面：

> 我始终依偎着一棵玉兰树，没有别的所谓紧靠或依赖，只有对它诉说无尽的怨恼和苦闷。在这个丧失倾听的时下，还好，我远离了目欲和物质的催促。我不愿被这些整天所牵挂。我体验自己。我挥别空间的梦幻。

在这章散文诗中，张盛科的语言姿态悄悄地转化了，并且暗示了其精神的隐隐回归。精神飞翔之路实际也是回归大地之路。同样如此，灵魂的坚韧追求也必须依赖于肉体生命的存在。在另一章题为《我到了坟墓边缘还欠着你一滴眼泪》的散文诗中，语言的触须探寻到了更细微的层面。通读此篇，几乎感到这是诗人面对一位友人或养育他的土地的绵密诉说。这在一贯以激越为主要气质特征的诗人身上，是极其少见的。我们不妨再读读其中数行的诗句：

> 莽苍的芳山，是我诗的溪流，它使我的血液惊湍，也使我的情感芊绵。我到了坟墓边缘，我的心儿岑寂下来了。思想的冰层顿时化为乌有，我也不再向那凄婉的谷底，幽深地滑去。堰河，我匿于幸福时刻而停止怀念亲人，那无尽的忧伤一直磨难至今。我不愿像一株芦苇那样活得无聊，那么无常，无益和无依的云烟过眼的人生。我多么想落个命有所得，落座孤身的碑，落个没有嘈杂的地方或者被上苍承认的沉埋的圣殿。

一种柔性的温馨力量正悄悄在诗人雄浑的语言之血气中滋生出来。从某种意义上说，它是一种精神成长的参照系，一种平衡精神世界、情感世界的层级要素。内在精神的高度和广度正是因为有了这种柔性的力量，才会获得它对应有诗意的深度和高度。

写到这里，我突然想起几天前我陪作家王蒙在江油青莲访问时想到的问题，中国那么多的作家、诗人，他们为什么在精神上建立一种自己独立的意识，总是在自己的头上戴着理性和道德的假发？不少有个性、有独创性的作家、诗人真的是被扼杀在一种体制的僵化中，我也不知道这到底是谁的悲哀，或谁的过错？就是今天，在小小的湖北十堰有一个轮廓不甚清晰、一个半透明和充满神秘的张盛科，我认为他是一个富有魔力的意义上的诗人，这部《心灵自白》散文诗集是来自如今养育他的十堰这块土地，我认为这是十堰的骄傲，也许他用骨气、血气写出的这些自由诗篇不如那些写花儿、草儿、鸟儿的诗文受欢迎，但我要说，金子它永远都是金子，它绝不会变成泥土的，实际上，张盛科在并不自由的自由中写出了他作为人的尊严，这点儿是难能可贵的。当然，他也有要注意的毛病：如题材欠提炼，表述的文字不够成熟，不够到位。但我们应该相信，他会努力的。

有一种能拯救我们的精神，那就是良知与正义，灵魂是一个诗人最终的归宿，让我共同为自由和尊严活着，这也算是真诚的安慰吧。

2021-11-09

生命与精神中的诗句

我在川西北的沈家村居住了四年，还是第一次完整地读完一个20世纪70年代出生的青年诗人的诗集，我读得非常仔细认真，仿佛是在倾听歌者的声音。我站在沈家村的某个高处，翘首眺望着对面这座美丽的富乐山，但满脑子装的还是白鹤林诗歌里感人的句子。我再次沦陷于沉默之中。

被这部诗集感动的我不知道说什么好。我想，这些诗歌歌唱了大地上生长的生命，如此真实与真诚的声音应该是来自诗人自己的心灵深处。"那些玉米叶子像穿拖鞋的男孩 / 发出叭叭的响声"，"我顺河而上想找回一只鞋子 / 因为已经没有人懂得与河交谈 / 一只孤独的白鹤在水面进退两难"，读着这些令人回味的诗句，我会想起我的童年时期穿过玉米地，一人孤独地行走在涪江边的时代，我"在某些时代或某些年代"如"一只甲虫"，像白鹤林这样的诗歌，我在中国20世纪70年代出生的诗人诗歌中是很少读到的。

白鹤林年轻，20世纪90年代初开始诗歌写作，他的诗歌严谨、简洁,笔力苍劲和耐读,自然风情与人生的生存经验融为一体,可见他为诗歌写作所下的功夫。我和他相识相交有八九年的时间,我们常在一起煮酒论诗歌。别看他的年龄不大,在我的印象中,他是一个有独立见解、有无限潜力可挖的青年诗人,他的为人与写诗都是可以信赖的。中国目前的当代诗歌界,最可怕的是诗人自己的日常化生活把诗人应有的正义之气给摧毁。白鹤林这部诗集里,有许多与当前人们的生存与时事相关的诗作,如《四个短途旅行》《两棵树和一根绳子》《谈话》《疯子的逻辑》《失忆者的下午》等,他都不是用不痛不痒的话语只写生活的表层,而是以生活的体验和生命的感悟为源头。他发自内心深处的平静的声音如同回荡着的钟声,使生活与人世间的一切都置身于其中,无论是同情、怜悯、宽容、爱或憎,以及诗人自己对人类前景的关注与担忧,都是那么极其严肃、那么极其真切的。

　　白鹤林是个可以交往的诗歌朋友,他写诗、为人都非常认真。为了诗,他有时会说一些别人绝对不愿意听的话,我相信那些别人不愿意听的话是出自他内心的真话。他有的地方像我一样,反对那些把诗歌当成急功近利的敲门砖或工具的人。也由此得罪过一些诗歌朋友。我和白鹤林曾经有过许多彻夜的长谈,我们有时喝着小酒,抽着低劣的烟,有时就两杯清茶与几本书,不管怎样,我认为我和白鹤林的谈话实际上是一种精神上的相互浸透。他写出来的诗歌,我几乎都读到过,从他的许多诗行里,我感到他是一个以生命感知为创作原动力的诗人。

随着他的年龄和生活阅历的增长，白鹤林的诗歌写作渐渐进入了生命意义的境界，从文化背景上讲更具有深厚的现实意义和艺术生命的价值。

这部《四个短途旅行》诗集里所收的作品，都是白鹤林从他写诗近十年的作品中精选出来的。在这部薄薄的诗集里，我已经倾听到了白鹤林真实的回声：智慧之光、压不弯的灵魂和不朽的精神都在闪烁着独特的光芒。

最后，我要说这样一句话：白鹤林是我所认识的70年代出生的诗人中较为优秀的诗人之一，他是用心灵歌唱的诗人。我相信，他诗歌里潜在的精神向往，会被人们不断地发现，其艺术价值会得到更多的人的认知。这是我的心里话，也是一句实话。

（注：此文中的诗句、诗题均出自白鹤林。）

2021-06-15

语言是诗歌的炼金术

诗歌是人们都知道的一种语言艺术，它是用语言来塑造艺术形象的。优秀的诗歌不仅奇妙，而且充满神奇的魅力，惹人喜爱。当前，中国诗坛涌动着一股不大不小的浪潮，这股浪潮叫人惊喜，也叫人担忧。实际上，他们是从20世纪八九十年代（包括第三代诗、朦胧诗）模仿而来的，口水化、琐碎化的语言泛滥，说得尖刻一点儿就是这伙人在不断地制造文字垃圾。我想：他们除缺乏生活的苦难感外，更主要是缺乏深厚的人生（指生命个体）的体验以及对中国诗歌甚至中国的民族命运的深刻思索。我知道，1989年后的中国诗歌根本就没有消沉，有一大批中国诗人在严峻的生存境遇中冷静地沉思。如牛汉、孙静轩、昌耀、韩作荣、曲有源、杨炼、多多、芒克、王小妮、周伦佑、廖亦武、翟永明、欧阳江河、陈超、于坚、雨田、钟鸣、柏桦、西川、臧棣、黄灿然、严力、杨克、王家新以及更年轻的道辉、蒋浩、曾蒙等，他们的心态及诗歌有着更为广阔的情境，具有相当的真实性和当代性。

　　写了这么多年的诗歌，作为个体的我还在进行着语言革命。因为我一向认为语言是诗歌的炼金术。眼下，人们不太愿读诗歌，或者根本就不喜欢读诗歌。我猜想，很有可能是我们的诗歌语言出了什么问题。要不然，就是我们诗人自己没有掌握好语言，也许我们根本就没有写作的才能。在我默默沉思的时候，自己经常感到很失望：诗人身上有许多可以改变但现在的确无法改变的东西。待我平静下来后，内心世界里非常矛盾。是啊，写了这么些年的诗歌，我们改变了些什么呢？我们写诗我们没有错。

　　商业化程度越来越高的今天，没有多少人来读诗关心诗，这很正常。读诗与不读诗，这是别人的事，我们没有权利去责备任何人。但对诗歌和诗人而言，又不能不说是一种无法理解的悲哀。作为诗人，我们应该清楚：诗歌比诗人更崇高。现在读诗的人少了，我觉得这也没有什么大不了。别人怎么认为我管不着。反正我是这样做的：我的诗歌从不属于别人的什么目的，它只是我生命存在的一种方式。说明白一点儿，就是我的诗歌不为任何人而写，这当然也包括我自己。我的诗歌是我自己的朴素的一种个人主义精神的再呈现，是属于人类的。

　　几年前，我就开始注意曾蒙的诗歌，他的《对面》《成都记事》《成长：献给我的童年》《夏天的地址》等诗篇，在语言上都有他自己的特色，给我留下的印象很深。有评论者指出：曾蒙的诗歌"无疑是受于坚的一些影响"而已。我觉得曾蒙的出现难以逃避受他人的影响也没有什么过错。作为年轻的诗人，曾蒙本来就非常推崇"云南王"于坚，他读过于坚的不少作品，喜欢于坚诗歌简洁流畅的语言，这纯属曾蒙个人的偏好，与谁都无关。于坚的一首诗写一个事件或一个事物，总是要"竭尽其力地加以描述和铺陈，有时甚至使读者失去耐心，但是细读下去你会获得极深的印象"（叶橹语）。曾蒙的一首诗，同样也写一个事件或一个事物，而他却潜心创造一种无论在词汇上或者句法上都很纯朴的诗人语言。可以说曾蒙给他自己的诗歌注入了新鲜的血液，给更年轻的一代诗人（指70年代）带来了觉醒。作为个人的偏好，我更喜欢曾蒙的诗歌，他那种略带怀疑若即若离，同时又平静如清晨的淡泊的月光的语调里有独特的诗人自我，在众多的70年代诗人中，曾蒙确实是独一无二的。

我们从曾蒙的许多诗篇里发现他的思想十分成熟。他的心中早已孕育着不满现实和反抗的情绪。原因很简单：曾蒙的叛逆性格很早就形成了。他像我一样生活在社会的底层，对周围庸俗的商业习气十分憎恨，在《对面》的诗中他无情地评判现实："整个夏天疾病以迅速的速度温过市区，/我对此不屑一顾。""我们究竟看清了什么？/一支笔，光秃的笔尖锈迹斑驳，/台灯下的人只能嗅到铁质的腐烂。"由此可见，他在诗歌中呼吁"文明的碎片"。

我从曾蒙寄给我不久的《大海以外》《在呼呼中冥想……》《一次散步的观察》《自画像》《应该怀念故乡了》等八首诗中，

感觉曾蒙对具体事物的感受是较为深刻的,对具体的日常场景的观察更是独特的。"在被遗弃的房屋前,/古老的榕树紧紧搂抱着石头,/低矮的风超神秘,互不退让,向树林逃窜。/而浪花在远离很远的大海中翻滚、咆哮,/离我们的生活很远"(《大海以外》);"脆弱、敏感、多疑,这就是我面对/酒杯时的坚强,也是我面对他人的/地狱。为什么要去歌颂美德、善良,那些顽固的弱点。/还有我们今天称之为生活的/表面的现象。因为是真的,/我才相信事物是美的/这样的逻辑非常浅显,我却在用/一生的力量去寻找和发现"(《自画像》)。这些蕴含着某种意味的诗句和"我的身边尽是人,尽是陌生的脸庞,/他们的欢乐使我无地自容。/这时我便怀念一个人的房间,整齐的书籍,/宽大的床上平时放着个体的身体"(《怀念:献给我的女友》)的诗句读起来很自然地使人联想到生活中一些亲切和亲近的事物,但又有一种特别的艺术魅力吸引着我们。我非常赞成诗评家叶橹的说法,曾蒙的诗歌"大抵都是属于陈述性居多",这说明诗人曾蒙对日常生活的具体事物的关注。近几年里,我读过曾蒙大量的诗歌,我觉得曾蒙是一个有着独创意识的优秀诗人,属于言近而旨远的诗人,他习惯于通过精雕细刻地描述个人日常生活琐屑经验来表达他对世界的理性认知。这种认知往往是基于他所受到的西方现代主义、后现代主义文学作品的深刻熏染,不知曾蒙本人怎样看待这样的实质性问题。

　　历史的经验早就告诉过我们,人们对诗歌的认识永远是有偏见的。但作为诗人的我们更不应该有什么偏见，而真正有生命力的诗歌也无所谓偏见，有价值和有生命力的诗歌是经得起时间和历史的检验的。作为诗人的存在，他只能依仗自己的诗歌，靠其他什么都是无用的。在中国，诗歌永远都有真伪之辨。诗歌作为人类的一种精神象征，它的出路只有靠我们诗人自己在语言上下苦功夫，否则，我们的诗歌是绝对没有出路的。说实话，我有时候读曾蒙的诗歌，总觉得他的诗非常高贵。但是从他的《靠近》《街道》等诗中不难发现，在高贵之中，蕴含着他对外界各种环境和不同事件与事物有关的人的心智和灵魂的深刻的透视。

最后，我要强调一点：诗人只能是平凡的人，不是神，诗人创作出来的有价值有生命力的诗歌才是高贵的。语言是诗歌的炼金术，语言更是一场诗歌革命！但愿每一个有意义的汉语诗人为之努力，成为一名诗歌勇士。

2019-05-04

倾听到一种声音

蒋雪峰是一个有着较强自我意识的青年诗人。有机会连续读到他的一些近作,有所触动。我个人理解,他的诗歌中宣泄出一种典型的现代文化人情绪,包容着一种艺术生命的精神内涵,并显示着当前诗歌写作的一种流向。其典型意义就是:蒋雪峰首先是一个普通的文化人,他像许多知识分子一样,将血肉之躯置身于现实的生活之中,而且还对社会发展过程中产生的时变感到困惑。"我的血泪 / 与生俱来的渴意","用二十年前月光打量 / 你的胸衣总是湿的"(《甘蔗 甘蔗》)。在我看来,这"胸衣总是湿的"境地里面,暗含着一种深刻的独立意义。

一个诗人的诗,需要独立的出色创造才能具有艺术生命的价值。蒋雪峰的诗歌创作,强调创新。他的艺术实践已经在其作品中,得到令人比较满意的答案。"开满道路和手指 / 那夜夜升起的鸟 / 是雪粒喂大,它在歌唱爱情"(《雪》)。这首《雪》,是迫于一种生命内部的需要,从中可见,蒋雪峰是成熟了一些。诗人不等于诗,诗人更加重要的是创作出来的诗歌本身。蒋雪峰的《沉船上的一支乐队》抓住"一簇坚强的植物,不屈的火焰/在倾斜的甲板上,摇曳与生长"的瞬间,在"海水里起伏的屠刀"的某一刻,突然间"一股又一股熟悉的旋律/从嘴唇和手指喷涌"出,正是"死亡肯定就在脚下"的时刻里,诗人迫使这支沉船上的乐队与世界对话:"我们的妇女和儿童已经遇救/怀揣我们的心跳和血/抵达码头和温暖"。总之,这一切和生命主体发生着关联。生命意识通过诗歌语言的跃动,成为一种艺术的价值。然而,谁说这首诗不是"超现实"的佳作呢?

如果蒋雪峰没有一种精神追求,他就不会在文化贬值、艺术冷清的现实中坚守自己的写作良知。《让我看清你的围裙》《献给那个夜晚的一群人》《回想》《花瓣雨》等诗在一定程度上传递出这个时代的气息,表现出他的诗歌,关切着社会现实中的中国文化传统。"醒来的泪水变得苍老/桌上的核桃和鞋/明亮,保留着她的温暖"(《回想》);"把酒从地窖里搬出来/外面是丛林和割草的身影"(《让我看清你的围裙》);"这是在冬天,一个叫马鞍塘的山区/暗夜里这群人/马驹一样不安/除了旺盛的精力、幻想、野心/没有多余的负担"(《献给那个夜晚的一群人》);"这瓣瓣芬芳的亲情/从天而降/穿透黎明的黑暗"(《花瓣雨》)。从这些诗句可以看出,蒋雪峰是一个有一种想要承担世界的宗教幻想与牺牲精神的诗人,他在生命意义上拒绝着死亡,渴求着新生,这显然是一个诗人意识的觉醒,或走向更加成熟的表现。

诗歌的真诚源于诗人人格的真实。蒋雪峰的诗歌始终是他生命意识的一种完整，目前，不少青年诗人似乎就是缺乏这种生命意识的完整性。"钟摆，左右相反的鸟 / 怎样掠过镜面 / 掠过你虚幻胆怯的内心"（《那么多黄金、梦和老虎》）。蒋雪峰珍惜自己的真实存在，他的诗歌中的大量作品都能说明这点。蒋雪峰怀念弗里德里克·肖邦的《琴房》这首诗，超越了生活表象的感受与抒怀，神秘而又真实，在博大与永恒之间，获得一种原生的活力，使我仿佛看见"神色忧伤"的肖邦，"踩着黑白分的音阶"走向世界。

蒋雪峰的佳作尚多，如《先人》《马的几种姿势》等都是精品，不少作品已引起诗坛注意。他的诗歌纯粹，更富有生机。读他的诗，如倾听到他的一种声音。而他的这种声音，从某种意义上讲，就是语言的光洁度。这种光洁度是来自蒋雪峰本人的才气与智慧。

2019-08-16

诗的生命与诗的价值

不知道为什么，我写下这个标题之后开始沉默起来。经过许久的沉默，我的笔下竟不由自主地流出了对青年诗人阿民的诗集《琴之涅槃》的一些想法。《琴之涅槃》是由四川文艺出版社刚出版的，是中国作家协会四川分会理事、青年诗人阿民的处女作。这位平平凡凡的诗人是1977年开始写诗的，到现在已经有几十个年头了。《琴之涅槃》中，诗人阿民写下了他自己对生活的感知和对人生价值的追求。

从阿民的诗中，我们能感觉到他的内心世界在他的作品里得到了融解和升华，而眼下要引起我们注意的是他对生活的诠释和对感性的体验。他的诗通常以抒情的形式出现在我们面前，更准确地说，是他的情感与内心的神秘在不断地向我们提出疑问与意义。诗应该有诗的思想内容或诗的精神境界，读阿民的诗作，我的心灵的确是受到思想启迪的。他的诗不是属于反文化、反理性、反诗歌的，但我们也能从他溯源于东方传统的诗行中领悟到潜藏着的另一种深刻意义。阿民的诗是来自他生活的真实体验的，特别是他近两三年的诗作，以现代文化人的思维方式重新反思民族文化，把诗歌的主体意识伸进人的情感深处，因此，他的诗在众多的诗人面前有着独特的风格。著名诗人王尔碑认为阿民的诗"辽阔、明朗而又深邃"，我觉得她的评价是得体的，我想这是诗人阿民的成功之处。

"再凉的水也是庄稼的血／也是庄稼人的血／栏里的牛最通晓皱纹的思路／烟杆敲过几下／墙上的犁铧就亮了"（《躬耕》），这是诗人拥抱现实生活之后，自然与自我的丰沛的情思糅结在一起，从整体上隐喻着诗人对天与地、过去与未来、智慧与蒙昧有着实验意图的提示，而更强烈的则表现为一个受伤灵魂的不安骚动，他希望"神农氏"在"鲜活成浪的日子"里"翻卷起来"，可以说这种诗人心灵的独白更进一步深化了诗人在诗的内在生活的体验，也是诗人特殊境遇里的复杂的心态及其寻求春天的愿望的内心世界的真实反映。阿民的诗，是他心灵的歌唱。

阿民也擅长于表现那些隐秘的内心活动，尤其是爱情给人们带来的特别的情绪和特别的情形。他的《你远道而来》《石榴》《信札》等诗作就真诚无瑕、极富生活情趣地表现了爱情这个永恒的主题，因而可以看出诗人对待人生是真诚和坦白的。阿民的这几首爱情诗写得既充满着炽烈的情感，又不乏冷静的理性，既有绵绵不断的倾诉和表白，又有严格无情的自我剖析和反省。"你远道而来／把咸味的海风／带到我的身边带给盆地／走下绿色车厢你像一棵蜀地小草／小草的露珠晶莹／

一开始我就觉得那是珍珠／珍珠硕大／足以把盆地填平"(《你远道而来》)。诗人那支饱蘸心血的笔,遨游在爱的领海,探究着爱的奥秘。诗人在《小巷》里忧伤地唱道:"情之泥泞心之泥泞路面之泥泞／艰难的步履又得在泥泞的路面复写惆怅。"是的,一切都是很自然的:爱情给人们带来了欢乐,爱情也同样给人们带来了痛苦或悲伤。我认为阿民的爱情诗主要是对爱情的追求与向往,是抒发爱情对人的精神世界的净化,有着具体的现实社会内容和诗人自己在他所经历的充满痛苦的爱的波浪冲击之后的反省和沉思。

诗人在对人生价值的探求中,以一种理性的冷处理方式对绵延于这片土地的历史文化作依恋的观照。在《鲸喷》里,他对古老的传说加以声色的礼赞,整个故事"如巨鲸平静地悬浮在平平静静的蓝色海面上",更多地表现了深藏在诗人内心幻觉的、遥远的、空灵的、静观的和淡化的某种意义。就《鲸喷》一诗的生命而言,其思想内涵是比较深刻的,能获得一种更为宏阔的视角。

诗歌批评家杨远宏等人曾发出"重建诗歌精神"的号召。而什么是诗歌精神呢?诗的精神也是一种理想与梦幻的精神。诗通过某一距离,显示出先知。也正是由于距离,才具有审美性,并使它更迫切于现实,成为现实不可缺少的一部分。有着"与真理相同的属性,诗才具有某种意义,亦即精神的意义"(熊育群语)。阿民的近期诗作开始出现了某些新的东西,不管表现手法上或者诗的语言上都与过去不一样了，他现在的诗的整体建构似乎更突出了人生与命运的主题，并以此在过去、现在和未来之间横架一座心灵的桥梁。在这里，我要强调的就是诗的语言：诗歌是语言艺术，诗歌的世界就是语言的世界。

阿民在《音乐门铃》《钢琴独语》《红木鱼》《梦蝶》等诗中，常常暴露他自虐的喜悦，他的诗的生命价值已经超越了他本人的价值，在这一点上，阿民也许至今还没有感觉到。我们读他近期的诗作，能领悟到他的诗是对自我生命价值或自我精神价值的拔高，又是对人生的许多痛苦的无可奈何的反抗。诗是诗人更集中更外在的表现，是诗人的精神延伸和人格扩张。因此，我认为诗不仅仅是诗人的表现方法和手段，更是诗人生命的主要部分。透过阿民的诗的声音，我真正地感觉到他对生活所给予他的痛苦或艰难并不是呐喊，而更多的是沉默。沉默是诗人心灵孤独的表现，诗往往是在沉默中产生的。

"风在哪里 / 岸在哪里 / 那一阕典雅古诗在哪里"（《绿色窗帘》），这是诗人一种孤独的情绪，而这种情绪正是诗人能产生的生命的本能的本体性情绪，谁也无法代替这种情绪。对于一个独立而又优秀的诗人或艺术家来说，孤独是最适合创造的意境。孤独分内在和外在两种，内在孤独是永恒而绝对的，外在孤独是暂时而相对的："一柱孤烟 / 大漠烘托它的升华 / 半壁瀑布 / 悬松怂恿它的堕落 / 这都是极其自然的事 / 极其自然 / 踏响节奏的是脚掌 / 色韵变幻无穷的是两只眼睛 / 最沉重轻盈的是心情 / 心壁呢"（《旅痕》），"今天 / 看着你旁若无人地走路／我竟手指天空的太阳问你／那是不是月亮／问过之后我却痛苦了／我宁愿下唇滴血"(《梦游者》)，这内在和外在的孤独是诗人自己一种人生的实验过程，也是一种情感燃烧的灰烬；它有时是一种生命的本能运动，而有时又是一种极高的精神境界。

诗人艾略特认为：诗不是放纵感情，而是逃避感情，不是表现个性，而是逃避个性。自然，只有有个性和感情的人才会知道要逃避这种东西是什么意义。读阿民的诗，我完全能感觉到他的感情生命在他的诗中，而这种感情生命已经是达到了一定的艺术境界。特别是《琴之涅槃》和《裸》两首诗，我认为是阿民的代表作。不管是从思想内涵或表现手法都有它的独到之处，比他过去的诗更耐读。"昨夜酒杯中液体的色彩及透明度／与今晚的视力无关""步出乐地／独自辞别如泣如诉的岁月／无声地走出时间的怀抱／无声地走进空间的怀抱""尽管喑哑是一种遗憾／受孕创造欲后／你毅然颠倒自己典雅的形象／在全场沁出汗的掌心中／迅疾地扑向洁白的尸布／扑向你一生之中最为壮观的轰响"(《琴之涅槃》)。这首诗的联想具有丰富性，而意义也是清楚的，语言简洁而幽雅，的确是到了炉火纯青的艺术境界，我认为是阿民丢掉传统写法后的一首比较成功的现代诗。我们不仅能从《琴之涅槃》一诗读到种种不同的思想和感情，而且也能读到种种不同的音乐感来。显然，我们又无疑地发现了诗人有音乐才华。的确是这样：在《琴之涅槃》里，艺术的感情仿佛已接近目睹真相者一样的情绪。

阿民的诗之所以能引起我们的注意，能令读者感兴趣，并不是他抒发了个人的感情，而是他经过了许多风风雨雨的真实感受，将个人的感情升华为对社会、对人类的诗的艺术感情，是用他自己心灵的血液写出来的。《裸》这首诗就是最好的见证："有一颗红红艳艳的太阳也是幸运的／或许就这么一次阳光浴的机会了／就这么一次在阳光的注视下／褪尽鳞褪尽羽毛的机会了／痛苦地褪尽一层一层装饰粉饰掩饰／痛痛快快地裸在沙滩上。"《裸》是诗人内心的自白，体现了诗人自己的自我精神世界，在艺术表现的手法上有所探求，同时也达到了一定的思想深度。阿民在中国当今诗坛上流派、主义满天飞的混乱中，坚持一步一个脚印地走自己的创作道路，他是新浪漫主义的抒情诗人，他的诗的生命是有诗的艺术价值的。"诗人在社会上有没有价值，就决定于他是否和公众的倾向一致"(《诗与情感》),"没有一个诗人能够由于自身和依赖自身而伟大，他既不能依赖自己的痛苦，也不能依赖自己的幸福，任何伟大的诗人之所以伟大，是因为他的痛苦幸福深深植根于社会和历史的土壤里"（别林斯基语）。

我们看到，阿民的诗大体上是以抒情为主的，但这种形式似乎难以容纳他对生活和自然的双方位体验，现在他开始对文化哲学意识搜入，因此，他的《裸》《音乐门铃》《钢琴独语》《梦蝶》《琴之涅槃》等诗，在文化背景上，融于整个民族文化，表现出极大的时空跨度和多维历史文化的内涵，有着浓重的思辨色调，流溢着艺术生命对自然和社会或时代进程的积极参与。但是，阿民的诗也有不足之处，如创作面狭窄，表现的形式单一，诗的深度和广度比较欠缺，等等。但我相信诗人阿民会在他今后的创作中，用歌者的真实声音去展示他的心灵世界！

2020-01-06

燃亮的灯盏

读完青年诗人野川出版的诗集《天堂的金菊》，兴奋的劲头还没有过，又收到野川用特快专递寄给我的《坚硬的血》诗集的书稿，托我写序。书稿断断续续看了三天，没有一点儿先睹为快的感觉。并不是野川的诗歌写得不好、难读，可以说野川费尽心思广为搜罗他在国内近百家报刊上发表的佳作，这对他来说，既有史料价值，又有不少可以琢磨或玩味的意思，可我不知道为什么却偏偏读不下去。几天过后，我再次翻开摆放在书桌上的诗稿，我发现《坚硬的血》这部诗集里抑郁的情绪太压迫人，"太阳也会黑暗／雨季过后也许仍是雨季"（《秋日·梦》），我完全没有想到，像野川这样年轻的诗人的心灵深处竟也缠绕纠结着这么复杂难解的情结，它不仅笼罩着野川的心，也浸透着野川的诗。不知为什么，我读野川《坚硬的血》这部诗集的书稿时想到一个意象：灯盏。

时间过得真快呵！算起来，我和野川的神交已有二十六七年的历史。现在我还记得那时的情景：1986年初秋，我随同市文联主持工作的副主席刘汤去盐亭县参加文学创作会返回绵阳的途中，我们在三台下了车。当天下午，县文化馆通知有二十人左右的业余作者与我们见面，其实就是搞了一个小型的座谈会。他们谈论的话题我没有一点儿兴趣，只是有一个人在发言中批评县城内有几个年轻人经常混在一起办油印文学小报引起了我的注意。散会后，我托他们给我找来一份，没想到就在这份油印文学小报上却发现了真正的文学信息。晚上，我约野川将他的诗歌拿给我看看。我俩坐在一条小街的一家小酒馆，边喝酒边谈论诗歌，暗淡的灯光下，我看不清坐在我对面的野川的面目。交谈中，我发现野川的性格直爽，话语不多却能说到点子上，我当时从内心已经默认这小子今后能成为一个诗人。野川原来的笔名为"山河""大川"，我觉得与他的性格不合，就随口给他改成"野川"。那天晚上我们俩都没有一点儿醉意，分手的时候，野川将他整理好的几首诗交给我修改。我把他的诗歌带回绵阳后又认真地读了两遍，将其中《舞厅》一首作了修改，刊登在由我责编的《绵州文坛》报的副刊上。这首《舞厅》是野川第一次发表的作品，应该算是他的处女作。我至今都还记得"夜潮漫过一群动作／音乐不属于白昼／终有有节奏的骚动／离开了水／思想和时间／尽成了斜倾的湖"这些令人激动的诗句。

诗歌其实是一种自由精神的呈现，没有自由意识的人是绝对成不了诗人的，但自由意识太强的人即使是诗人也不会是一个非常优秀的诗人。此时想来仍觉得我的这些话不无道理，也正适合于我和野川这样的诗歌奴隶的心态。写到这里，我突然想起诗人与政治家有本质的不同。政治家的存在是实现他个人，而作为诗人的存在恰恰与政治家的存在相反，诗人是一个时代中最为纯粹的人，或者说是时代的良心，又或者说是时代的见证者。可以说，诗人的存在主要是指诗人精神和生命的构成状态，优秀的诗人不是靠谁吹捧起来的，而是表现在诗人自己的诗歌上，他的生命方式是不断深化自己，展开自己，将自己最有意义的精神归附于人类。因此我想，诗人最有价值的部分是唤醒人类中普遍存在的沉睡着的东西，而不是去歌颂什么。诗人野川一直坚持超现实主义的写作原则，他的早期诗歌善于吸收中国传统艺术的表现手法，不少诗歌具有民歌的形式，而又有所创新。例如《冥想中的羊群》《在树下》，就借用了谣曲的形式，不过这是现代的谣曲，不同于古代的谣曲。野川只是运用了民族的某种形式而已。诗中"在春天的内部啃着春天／阳光孕育的羊群／如正在破壳的雏鸟／让我一下子慌乱起来"（《冥想中的羊群》），采用这句的形式，但有所变化，在民歌的形式上又向前发展了一步。"石头坐在水边／无声地歌唱。它的身上／穿着青苔和宁静／谁能说它是死的／风雨在石头上碎落"（《倾听》）的诗句给人突兀深刻的印象，不由得令人咀嚼一番。看得出野川过去的诗歌吸收了当代诗人的各家之长，综合了各种艺术形式和技艺，继承了名家的创作手法。野川说过，他写诗"如一只负重的蜗牛，艰难地爬行在诗路"，他所说的这句话是实际的，也是深刻的，简单的话语道出了诗人自己坚实的理性和可靠的批判精神。因为写作，我同野川神交的十多年里，的确发现他"既不能树什么旗帜，也不能把自己加入某种旗帜之下"，他唯一能干的，就是"在这个日益物化的时代"坚守着诗歌写作的阵地。我从他的《自己》《冬日的广场》《秋夜的独白》和《血灯》等诗篇中，发现野川对自然宇宙和人心的整体观念，剥露情感，限制情感，不如说包含情感的创作表现手法上都有他自己的独特之处，这对于一个长时间坚持写作的诗人来说是难得的，也是可贵的。从象征派到崇尚自然，立足于传统之上，又将传统的东西破坏，吸取传统的优秀的创作手法，这就是野川的诗歌主张基石，正是这个基石使他的创作实践立于不败之地。

我从《坚硬的血》这部诗集的书稿中，读出诗人野川在"很多时候，孤独和痛苦陪伴着"他"仰望天空"的是一种精神，实际上就是诗歌"召唤提升着"他的《灵魂》，他虽然"还弄不清楚那召唤的含义"，但他的《透明的孩子》《坚硬的血》《深渊》《暴雨》等佳作，是他的艺术境界，也是他的人生境界。可以这样说，诗人野川不只向我们这个时代提供了他的优秀诗篇，同时还提供了一种独特的生存方式和一种精神生态的景观。我认为野川和他的诗歌都是有个性的。写作的人知道这点，个性与感情，是审美艺术创造中的灵魂与动力，然而，现实生活中诗人的个性往往受到压抑，诗人的个人情感往往遭到剥夺，诗人自己唯一能做到的就是在精神生活里抗争。

野川认为诗歌属于艺术的一种，是社会财富，既然如此，诗人就必须要用灵魂去思考,去写作,在发展中求创新、求生存。他主张用汉语写作的中国诗人应立足于民族文化之上,勇于探索,在最丰富、最不为人所知、广度无限的领域里去发现诗歌的生命。诚然,诗人野川在诗歌写作中不断更新自己,"只有冬天。丘陵处于宁静的缅怀中/冷风摇落雪花,一根长长的白布/从天垂下,这是通向天堂唯一的道路/先人骑着白云缓缓飘下/看不见面容,只看见他们的肋骨/闪闪发亮。他们把一种精神留下/又把一些人带走。而河水背负冰块/依旧在流,拖着丘陵日夜奔走"(《丘陵》)。野川生活在最基层,他把自己的全部精力和全部的情感都融入他脚下那片神奇的丘陵土地,收进这部诗集里的《抚摸镰刀》《棉桃》《玉米》及《红丘陵》等农村题材的诗比较有特色,可以说是诗人野川艺术生命体验的结晶。在这些诗歌里,诗人既发挥了无穷的想象力,又描写了农村生活的现实,其结果是富有成效的:生活和想象的神圣相互作用,开辟了野川诗歌的写作领域。这里,我要毫不客气地说,野川是我身边在四川诗坛最活跃的三位青年诗人之一,另外两位是蒋雪峰、程永宏,正是因为如此,才使野川的诗歌创作充满了变化性和丰富性。

　　在读野川的诗歌时,我想起这样一个问题:当今的中国诗歌,或者中国诗人在复杂的生存境遇中抵抗命运,别无选择地在苦难与困惑中挣扎,再挣扎。作为诗人,我们能逃亡吗?事实上在我接触的许多用汉语写作的中国诗人中,他们大多数都是具有血性和正义感的。但我不敢否认,有那么些粗粝的诗人，他们有时候血气冲天，而写出来的诗歌平平淡淡，我想他们主要的原因是缺乏深厚的人生与生命的真正体验。生命的体验对于一个诗人来说尤其重要。这些没有责任感的诗人如果不及时反思自己，逐渐提高自身的诗歌素养，在做人、写作方面都有可能会遭到别人的冷眼。诗人野川有才气，但写诗下的功夫不全。但我自己已经从野川大量的诗歌中咀嚼出诗人对人生的聪敏、沉静与不断趋向成熟的思考，在沉重的压抑与困惑中，野川的内心燃亮着诗歌的灯盏，他像我一样也在面临着各种更为深刻而又严峻的挑战。不管怎么说，我喜欢读野川的诗歌。不是野川的诗歌每首都好，喜好纯属我个人的阅读权利，这里我并没有让别人来接受，或强加给别人的意思。

最后，我要毫不客气地说：野川的诗歌是有较高美学意义与价值的，这不是我故弄玄虚的专制话语，是实话。请在尊重诗歌的同时理解诗人，愿野川的诗歌之灯盏在无边际的黑夜闪烁着光芒！

（注：此文中诗题、诗句均出自野川。）

2020-04-09

处于生命的过程之中

现代诗首先是艺术。现代诗的发展经历了曲折而又痛苦的历程，不知人们是否还记得：舒婷的声音在十年之前奇异地从远方传来的时候，中国的诗坛一瞬间之后是掌声，是愤怒或是恶毒的诅咒。但不管怎样，这毕竟都是些过去的事情了。当今的中国诗坛是一个什么样的现状呢？岁月用鲜花证实了过去的一切。岁月也用掌声证实了现在的一切。然而，中国的现代诗在自觉与不自觉的生命过程之中表现出极大的困惑。在这种痛苦的困惑中，一代更年轻的新诗潮的探索者高度敏感地注视着世界，他们是中国现代诗的主要力量。也是这群年轻的探索者，他们常常又表现出怀疑一切的迹象，投出长长的历史的影子。诗是诗人的真实的声音，不是写作的技巧或者形式。近几年来，中国的现代诗继舒婷之后发展得很快，出现了不少值得一读的诗，如欧阳江河的《悬棺》《玻璃工厂》，廖亦武的《死城》《荒城》《幻城》，岛子的《极地》《天狼星传说》，翟永明的《女人》《静安庄》《人生在世》，雨田的《城里城外》《静水》《麦地》，宋渠、宋炜的《大佛》《大曰是》，杨炼的《诺日朗》，海子的《太阳》，刘涛的《阿维尼翁》《披羊皮的女人》，石光华的《门前雪》《结束之遁》，万夏的《黥妇》《枭王》，周伦佑的《狼谷》，陈小蔡的《橡皮猎人》，还有西川、骆一禾、江河、多多等探索者们都写出了相当有分量的一大批作品。正是这些作品的出现，给中国当今的诗坛带来骚动。

现代诗要有强大的生命力的话，只有走自己的路。很可惜1988年整个中国诗坛是比较沉默的。也许探索者们在进行反思。

现代诗是一个特殊阶段的产物，时代选择了现代诗。现代诗的使命是为了打破传统诗歌的封闭意识，完成对独霸于诗坛的伪现实主义的爆破。但我们必须承认现代诗也有它自己的局限性。因此，我们是否怀疑过我们的方向，我们是否冷静地想过：现代诗在现代诗人笔下的地位是什么？是传达信息和知识，还是表现诗本身的本质呢？也就是说诗要表现什么？一句话，诗或现代诗——是诗人的声音还是诗的声音？

现代诗应该属于自然。现代诗不应该有开始和结尾，假如人类不存在，现代诗仍然在闪烁其神秘的火焰，它始终启示着诗人的创造性才能，使人与自然融为一体。现代诗的本质是自由而任性的，它像水像空气，和风一样具有最朴实而自然的属性。要写出一首好的现代诗所具备的条件是无穷无尽的，我们绝无其他的选择。只有在生活实践中才能产生灵感，才能体验到生命的真正价值，现代诗的生命力也只能在实践中获得，否则，中国的现代诗要发展或走向世界就会成为一句空话。

现代诗是语言艺术，它的创作全过程能使欢乐和悲哀得到升华，能使生存和死亡的意蕴在精神意识中达到完美的境界。当我们真正地认识了现代诗的生命的生存价值的时候，我们也就成了一个生命的整体的本身。在这个时候，艺术的本质与生命的本质就会自然地结合在一起。我们必须承认，现代诗是独特的，它的独特是言语存在的最好方式，而不是为了内容去故作独特的姿态。如果有人认为为了内容去找一个最好的独特表现方式，这一方式就是演说，而不是我现在正论述的现代诗！

现代诗必须是具有感染力的真正艺术，它的本质应该具有音乐的随意流动性，而不是呆板或教条的节奏和韵律。现代诗本身的表达方式就具有模糊不定的情绪和因素，而这种情绪和因素更具有艺术性的一种抽象的东西。每一个诗人的素质和生活经历是不一样的；我喜欢听伤感的音乐，正是这些伤感的音乐使我进入了另一个天堂。音乐使我常常产生浓度很强的自毁意识，所以我歌唱的是痛苦和死亡。正是因为我比别人要痛苦得多些，我才会真正地感觉到我要比别人真实得多。音乐是抽象的听觉艺术，它高于绘画的视觉艺术的感染力。我认为现代诗的本质与音乐一样，可以直接进入人们的情感世界并能与上帝展开对话。现代诗和音乐之间是同胞兄妹的关系，因此它们的生命价值是完全相等的。

现代诗的生命价值应该在于现代诗本身而不是在于制造现代的"诗人"。真正的现代诗不在于看上去像不像现代诗，而在于是不是艺术地反映了内在心态自然的流向，在于投资了多少真实的情感和心血的总和。在中国的当今诗坛上伪现代诗很多，但这些伪现代诗的出现也并不奇怪，现代诗毕竟也是当今社会的产儿。我们的现实生活中有许多的生存方式以及投机取巧的人或事物，伪现代诗的再现也是很自然的事，我们何必去大惊小怪呢？这么大个中国诗坛出现点儿"机会主义诗人"或伪现代诗也是难免的。

　　现在我们的读者读不懂现代诗就叫它朦胧诗，这种读不懂现代诗而误认为"朦胧"的概念是模糊不清的，也是可笑的。现代诗跟其他的艺术形式一样，也是诗人用来展示生活的观念和图画，说明诗人自己与世界的关系。我想，喜欢读诗的人们应该清楚：诗就是诗，诗不是生活的摹本。常常有些诗歌爱好者来找我，他们提出都是生活在同一个环境里，为什么写出的东西不感人？是不是诗的题材没有选好？这种说法显然是很荒谬的。诗或现代诗的构成不是由什么题材所决定的，诗或现代诗根本不应受题材的限制，且永远不受现实生活的束缚。能构成诗或现代诗的东西应该是独特的，这种独特只有诗人自己从现实的实际生活中切身体验才能感觉到，绝不是凭空幻想而来的。有一点我们可以肯定：诗或现代诗比小说、散文、戏剧、报告文学等艺术形式要自由得多。

　　社会要求诗人应该以真人真文的面目出现在整个生存的创造过程之中。我们举目看看，当今的中国诗坛上又有几个数得上是这样十全十美的呢。舒婷等像一阵风走过之后，一代年轻的探索者经过几年的痛苦，终于从茫茫的新诗潮的森林里走出一支具有战斗力的队伍。中国的现代诗要在世界诗坛上有自己的地位，只有靠这股年轻的力量或比这批力量更年轻的探索者。目前的中国诗坛流派流成了不少的瀑布，我想这是好事而不是坏事。也许正是这样才能产生真正的有强大生命力的现代诗或现代诗人。

年轻的探索者重新解释着世界，我们期待着中国的现代诗经过艰苦的努力会有辽阔的天地。

2019-02-25

心灵的海岸线

我在没有完整读完温芬的诗集《记忆的海岸》（四川大学出版社，2001年3月版）时，有人问我怎样看待温芬的诗歌，我只好笑容满面地回答说自己正在看。在这个时代里，我作为一个诗歌信徒，守望着精神家园，不知是否是我个人的悲剧？眼下，有谁还去寻觅乌托邦的精神境界呢？在浮华的阴影的笼罩下，有谁还在眷恋着诗歌？又有谁还能理解写诗的人？

然而，"在老槐树的浓荫下成长"起来的温芬带着泥土的清新，带着《飞翔的鸽子》，带着海浪一样的诗行走近了我们——这个已被物化了的坚硬心灵世界。实话说，读罢温芬的诗集《记忆的海岸》后，我并不认为她是一个多么了不起的诗人，也不认为她诗歌有多么优秀，甚至我认为她的诗歌还比较稚拙，尤其是在写作技巧上还缺乏变换，语言还缺乏冲击力，意象的重复和呆滞造成诗的逍遁种种。正是从这些不"成熟"中，我却看到了作者执拗的鲜活情感和飞动即逝的灵气。这就是诗人主体中大写的人性、人情和人道的意绪，这就是诗人穿越崇山峻岭，跨越大海时吸纳大自然生命本体的精灵所在。诗人只有在人与自然的和谐统一中，才能真正创造出属于艺术世界的有生命意义的诗歌来。

在我看来，诗人的思维和倾向不是完全独立于客观世界的，每个时期出现的诗人都必须与外界有个对应。我真的希望中国出现真正意义上的诗人，不想再看见当今诗坛上的一大批时髦人物迷于其中的消费诗歌。看来诗人要想有关注人类命运的气度，首先诗人自己要有独立的品格。

毫无疑问，在《五月麦香》的季节里，"阳光的羽翼透着/丰美的黎明/群星睡后留下的彩色的梦/大地翻动涨满的成熟"，诗人将我们领进了"五月的歌谣"里，我们听到"风的歌纵情地唱着"，我们看到"麦影优美的舞蹈"。所有这些意象构成了一幅"麦浪滚滚"的五月图画，叩击着诗人自己的胸怀，作为"老河洗礼了无数次"的心已经疲倦，它需要找到一个宁静而又"美丽的村庄"，一个葱郁的"绿色屏障"。但是，农业文明把我们悬置于没有思想和灵魂的境遇之中，人们不能也再无可能寻找到"归家"的路径。那么，只有那些永远在梦中的诗人，才能罗曼蒂克地将我们引领进诗情画意的田园牧歌之中。

温芬的《五月麦香》《老河》《月色笼罩湖面》《飞翔的鸽子》《奔流》等诗以新鲜的意象、内在的音乐美和较为深刻的思想性赢得了不少读者的好评。《记忆的海岸》这本诗集里含有不少的哲理诗，诗中哲理的存在形式大体可分为以下三类：

第一类是纯粹的哲理诗。第二类是夹杂在非哲理诗中的哲理诗句，通常人们按诗的内容分为叙事诗、抒情诗、写景诗、议论诗和哲理诗五个种类。前四类诗的主旨不在哲理，但其中往往出现富含哲理的诗句。这类诗句在温芬这本诗集中也是多处可见的。第三类，既不是哲理诗，也没有独立的哲理诗句，而且在抒情或叙事或写景的后面，呈现着或浓或淡的哲理背影，当人们读罢全诗之后，会联想许多，似有所悟。所以诗集中的哲理之贵，不仅仅只在于量大，而真正可贵之处就在于质量高——这才是诗人的功夫所在，从这个角度来看，温芬没有亏待读者。

当下的中国诗坛是沉寂的，这是诗歌的悲哀、诗人的悲哀、中国文学的悲哀。我们是否知道历史嘲笑了谁？其实历史真的嘲笑了谁我们也未必知道。真正的诗人要有眼光，有历史的眼光。

不得不承认，读了温芬的诗集《记忆的海岸》，我对自己向来广泛的诗歌阅读产生了怀疑，对这些异样的带着一股清新气息却又充满诗性的诗篇产生了敬畏。

2018-06-18

守望圣土

中国自文学革新以来，诗歌界就没有平静过，对于汉语诗歌的现状，不满意的大有人在，季羡林说"新诗是一种失败"。

无论别人怎么说，如今写诗、读诗和爱诗的还是大有人在的，我书桌上这部《生命之爱》诗集书稿的作者，是我之前根本就不认识的。我想，他在国内诗歌界同行们的眼里同样很陌生。是因写诗歌，爱诗歌，上月的一个周末他专门从重庆来到我居住的小城，我和他才有缘分相识。

写诗歌的人都明白这样一个简单的道理：诗歌是诗人自己心灵的产物，但诗人心灵世界的诗意不是空穴来风，它是与外部的世界息息相关的。因为诗人首先是社会的人，许多优秀的诗歌都是直接从社会历史和社会现实中吸取诗情，这只是一种题材选择的需要。但诗人更多是与自己生活中的自然事物相关联，因此诗人的心灵世界更多的是与普通的自然事物相对视而获得诗意。由于写诗歌的人，他（她）的人生经历、学识、性格、气质的不同，就很可能形成各种不同的对诗歌艺术和诗歌精神内涵的理解和追寻，选择什么样的诗歌写作道路，许多时候可能是诗人自身对诗歌艺术的观念在起决定性的作用罢了。从一开始读到无我的诗歌，我以为他大致是属于用心灵在守望诗意的圣士，并在自然与现实生活中获取诗意，可称得上无我是达到了一定高度的诗人。

在读无我的诗歌时，我十分关注自然事物对心灵世界的启示与相通。大千世界的自然事物是无限广阔的，而对每一个具体的人来说，只能是某种具体的部分。如在《雪之旅》一诗中，无我写道："眼前，你是一朵朵盛开的花/盛开在我的眼前，也盛开在天际/我看得见你的现在和过去/但我看不透你的因为和所以。"接着他又写道："身边，你是一个真实而不确定的存在/你是那么富有诗意，富有歧义/我看得见被你装扮的山林的幽远和平实/但看不透被你隐藏的小木屋的奥妙和神秘//远处，你是一片浩渺的银色世界/迷迷茫茫，侵占了我的全部领地/我看得见你升腾飞跃的万象/但我看不透你沉潜变异的心迹。……"读罢整首诗，而我不能看透的其实也是一种真实的存在。因为"天上新月云游，星河灿烂""人生旅游漫漫，一站又一站"，让我们体会最深的不是自然的雪，而是另一种具有象征意义的雪深刻地刻在我们的记忆里。如《咏雪》就表现诗人能从看得见的真实想象出看不见的真实：

莫非你还在昨日的秋风中沉醉？
莫非你还在往昔的情怀中流连？

也许你曾经沧海再难为水，
也许你志在一流愿情满人间。

这一切都不是你逃避的借口，
生活需要真实，而不需要虚幻；
这一切也不是你拒绝的理由，
爱情不需要现实，而需要渴望。

　　从语言的意义上说，这首《咏雪》并没有什么难度，也许无我也和许多诗人一样，经历过自己的内心里那种如"生命时刻都在等待着你"的沧海，正因如此，我们从《咏雪》诗句开始把触觉深入人的生命的更多的角落，从而发掘和表达出人们在经验着而尚未说出的感受，使诗歌本身的内容达到无比的新鲜和无比的深刻。也就是说，心灵与自然事物的相通，虽然我们眼界有限，而心灵与想象都是无限的，只要我们启动心智，自然事物与心灵世界，就可以在许多时候是没有阻隔的，而且自然事物的存在还会对心灵世界产生一种启示。其实这与哲学的认识问题有关，而在诗人的笔下却形象生动地表现出来了。

　　无我的诗歌更多的是透过自然事物对物质至上生活的一种反驳，是对不断加深的重力影响的对抗。他的诗歌从另外一个神秘的角度成为这个时代面孔的对应物，像躲在镜子背面的窥视者。我愿意把他的这种诗歌写作称之为一种自然事物写作。

这种自然事物写作是否正在不断地削减文本的意义，我实在不好为此下判断。我们当然清楚，历来的文学作品要表现社会学、生物学、心灵史以及诸如此类的意义，在传统的文学作品中，读者面临的是一个和谐有机的、意义单一明晰的封闭的事实。作者能实现他们的意图，阅读也就是作者通过读者实现他的创作意图，实现文本有意义的把握。而无我这种自然事物写作则来自他作为诗人的自觉性。

优秀的诗篇是心灵的产物，当心灵与自然事物对视的时候，就会带着人性和道德的诗意内涵，这也是可以理解的。当自然事物进入心灵，即使是一种客观的呈现，也往往会产生一种人性感动和道德判断。在无我的诗中也是如此，如他的《春雨，大地》："送走了那场雪，我一直在做着一个梦 / 在梦中把'想你'喊了千回 / 然而，我痛苦无言，蜷缩在望京城的一角 / 望着南方的天空，眼睛里尽是沙子没有泪。"这实际上表现的是人世的不平与不公，写得虽然冷静，但同情心却是站在弱势者一边的。在《好雨》中，无我写出了人生的不断追求："好雨从来都是洒向人间的泪 / 点点滴滴，调拌着人生的滋味 / 甘甜的是过去的回忆 / 辛酸的是现在体会 // 好雨从来都是挂在树叶儿尖上的珠宝 / 因为心中有个太阳，所有青春之光闪耀 / 飞向蓝天是一道彩虹 / 走进荒原是满地欢笑。"而好雨其实就是生命的呼吁，但我们不会怀疑诗人的真实情感，特别是诗人对好雨反复地吟唱的情感指向是真实的。

在心灵与自然的对视中，对心灵的触动，也会引发我们对历史与人生的回忆和思考。在《水》中，无我写出自己经历的情感记忆是深刻的，而在《晚霞》中则从"晚霞"这一意象，联想到整个民族的生存历史。困苦与坚忍成就了一个民族的发展与辉煌，其实回顾历史在让我们心痛的同时，也让我们感到无比的骄傲。

无我的诗歌创作，是有自觉的艺术追求的，他的诗歌虽然没有表现什么重大的社会题材，而只重在最为普通的自然事物的描写，重在心灵的感悟，但诗意内涵仍然是宽泛而广阔的。在诗的构思和表现手法上则用形象连接，努力营造一种诗意氛围，让人产生联想，而不是重在某种思想意义的说明，这就更接近诗歌的本质。语言运用则在表面散漫中寻求诗意的精致，充分运用了现代汉语自由的表现力，这些都是无我诗歌创作的成功之处。

2020-09-27

李白故里诗坛三剑客

——写在李白诞生 1300 年之际

写下此文的标题时,我自然而然地意识到这样一个问题:中华几千年的文明史中,名垂青史的文人多如牛毛,被后人格外喜欢的诗人亦不计其数。无论在什么场合只要谈到诗,人们往往会情不自禁地提到唐代诗人李白,仿佛离开了李白,中国的山水、太阳、月亮和酒都会大为逊色。如果我今天也装模作样地谈论李白,谈论李白的诗,这或许就是曾经养育过诗人李白那片土地的悲哀。实话实说,李白故里诗坛三剑客不是我的创意。四年前的夏天,诗人杨牧到江油出席"中国·星星太白诗会暨蒋雪峰作品研讨会"时,亲口留下"江油诗坛三剑客"之说。一年以后,在"中国·星星跨世纪诗歌奖颁奖大会暨世纪之交诗歌座谈会"期间,诗人杨牧当面向我说明他定位"江油诗坛三剑客"的理由。

江油诗坛三剑客:蒋雪峰、陈大华、蒲永见。我作为他们诗歌写作的同行和朋友,经常与他们在一起煮酒论诗歌。因此,我一直关注他们的作品,至今我还是觉得我当年的感觉没有错。三剑客一如往昔的创作风格与真挚的诗歌作品,已经显示出一种经久不衰的力量。在这个充满了诱惑与利益的世界上,纯朴、爱心、善良与人格在他们的诗歌作品中处处可见,可以这么说,是他们在拯救着他们自己。

由于种种原因,在这篇文章中我无法不使用"个人化诗歌写作"这一概念。这么说,显然暗示了我的某种用意。但无论"个人化诗歌写作"这个概念用在蒋雪峰、陈大华、蒲永见身上是否得当,从他们的诗歌文本看,的确有着独特个性的特征。我只能跟踪他们具体的个人写作,认识他们独特的才能与抱负,以及确认他们由诗歌而形成的个性力量,三剑客的诗歌才有可能显示它本身的价值意义。

蒋雪峰:灵魂旷野中的漫游者

诗歌理论家杨远宏在几年前就指出了蒋雪峰的诗歌空间,是"沧桑人世,苍茫雪野"。我想,这很有可能与疾病的折磨和对宿命的思考有关。蒋雪峰在我印象中一开始就是这样一个人,有个性地生活与写作,不受他人的影响,不为功利所诱惑,像普通人一样的承受和思考,但却是"货真价实的理想主义者"(张新泉语)。写作,似乎就是他生命中的一切。他的作品包括诗歌、散文、小说、随笔等。

蒋雪峰,1965年冬生于四川江油彰明镇的福田寺庙,与诗仙李白青年时代生活的青莲镇只有一条涪江之隔。他从小就是一个理想主义者，很难说李白对他是否产生过或多或少的影响。我们交往的这些年里，我发现"诗歌对他的选择是命定的"。说句实话，这些年正值中国汉语诗歌如火如荼的翻涌之际，诗社林立，诗歌流派纷呈，似乎真正的诗歌究竟是什么都早已被一片喧嚣给淹没。也许蒋雪峰天生就是这样一个诗人，他不为社会潮流所诱惑，也不为伪劣诗歌尘埃所掩盖，那些世俗的欲望与他无关，他是在病痛中沉静着心境，更以生命最直接的感知力面对生活与诗歌的人。蒋雪峰的四百多首诗歌先后在《诗刊》《星星》《诗歌报》《飞天》《红岩》《鸭绿江》《四川文学》等重要刊物上发表，出版过《琴房》《那么多黄金、梦和老虎》等诗集，部分诗歌被收进《中国诗歌年鉴》《中国·星星四十年诗歌选》《中国第四代诗人诗选》《建国五十周年四川文学作品选》《2000年中国最佳诗歌选》《2000年中国最佳散文诗选》《中国九十年代诗歌精选》等权威选本。诗人、诗歌评论家孙静轩、杨牧、唐晓渡、张新泉、杨远宏、廖亦武、雨田等对蒋雪峰的诗歌给予了高度评价。《星星》诗刊、《四川日报》等报刊曾载文对蒋雪峰其人其诗作专题评价。蒋雪峰的诗歌写作是自觉的，也是非常个性化的，他的早期作品有新乡土、新古典诗歌的浪漫烙印。最近我发现，蒋雪峰是中国博尔赫斯式的抒情诗人。他的《献给那个夜晚的一群人》《沉船上的一支乐队》《一头狮子曾在我体内停留》《记忆里的福田寺》《在长江源头看见乌鸦》等诗作就是最有力的说明。

　　蒋雪峰是我最喜欢的诗人之一，现居李白故里江油，他

1987年开始诗歌写作至今。我和他经常见面，我们谈论诗歌时，他的严肃和沉默令人印象深刻。前几年，他致力研究宗教文化，这些，在他近期的诗歌里都有反映。由于对艺术生命的追求，使他的精神世界在同代人中显得更为独特辽远。对生存艰辛与病痛变迁的关注使他的诗歌立足于尘世，并从中获得了一种现实的力量。同时对个人的犹豫和悲伤之情从不回避，这使得他看上去更个性化。与那些诗歌狂人相比，蒋雪峰并不是以一个多么了不起的诗人自居，他写作的目的不在于布道或说教。他是天生而本质的诗人，他诗歌宽广的激情和悲悯完全是艺术的。我以为，在新一代诗人中蒋雪峰属于那种和缓和耐久的类型。我觉得与蒋雪峰交往是一件有意义的事，因此，我特别喜欢他的优美、内敛、温和、书卷气，还有他的尖锐。或许因为这些，使我在许许多多的诗歌中看到了蒋雪峰诗歌的光芒。

陈大华：智慧的呈献者

有人说，诗人是精神世界的通灵者。但仔细想起来，或许这种提法有些飘渺。三十多年的写作经验告诉我，每一位成为诗人的人，肯定在生活这块情感的沃土中，获得过某种心灵的神秘。每一个有成就的诗人，也必然是一个智慧的呈献者。他通过诗歌这种语言的艺术形式将其诗人自己的心灵延展开来，让我们在那些分行的词语中得到意外的惊喜，并在他们的心灵深处得到认知与领悟。

20世纪50年代初出生在嘉陵江畔剑阁县张王庙的陈大华，是三剑客中年龄较大的一个，他的诗歌创作始于知青生活的艰苦岁月。在20世纪80年代，陈大华锋芒毕露，以诗歌《蜀道》震惊诗坛，显示出诗人的才气，使我们真正认识到陈大华和他诗歌的本质意义。他首先发现了这个时代的个人生存环境，但让我们深受震动的是他的作品却体现着中国现代汉语诗歌的水准。

我的祖先/裸着身子退出这片林地/而今，我归来衣冠楚楚/不识蛙潭歌声/不懂林间鸟语/任你归来又走去。

——《飞水》

苍鹰栖息孤松覆盖的危岩/留下枯树的爪痕/这充满灵性的呼唤/暗示着什么/没有抵达你的那个月夜/究竟是谁的手，冰凉的/从岩石的背后把我牵引。

——《蜀道》

在这些典型的陈大华式的诗句中，我们看到的不是虚假造作的痛苦，也没有故意的激怒，而是某种最佳态度的示范。陈大华坚持诗歌写作三十多年，他不为名不为利，以他对人类生存问题的最高本质体验勾勒出了这个时代独特的形象。

读陈大华的《运筹帷幄》《孤牛》《面向大海》等诗就像透过某种光学玻璃，其清晰度令人吃惊。在陈大华的想象中，"人生的最远距离/不过一浪之隔"（《渡》），问题在于怎样在人潮起伏的今天更准确地、不受任何干扰地呈现出一种诗人自己的高贵的品格。陈大华的诗歌,多以构思新颖、奇特,语言绮丽、豪壮,形式富于变化取胜。记得是1994年冬天,朦胧诗人老芒克和诗歌理论家唐晓渡来江油时,对陈大华其人其诗给予了较高的评价。

陈大华在我的眼里,颇具男人和诗人风度。他潜心于诗歌写作的同时,还以满腔的热情,为诗歌的振兴和发展东奔西跑,1989年秋,曾参办过《星星》诗刊在江油举办的"长钢诗会"等大型诗歌创作、研讨活动。可以说,陈大华在众多的诗人中,无论作诗还是做人,都是令人钦羡的。他的部分作品被收进《四川省优秀群众文学作品选》《中国劲草诗家作品精粹》《多彩的旋律》《诗之希望集》等选集。他的诗,不仅充满浓厚的巴蜀文化意味,更有对人世的关切,是接近他自己的生命的本质,体现了作为诗人的陈大华对人类命运的关怀。实际上在现实生活中,陈大华却是一个苦行者,一个隐居者,一个冥思苦想者,因此,他不得不在生活的旋涡里和诗歌的浪尖上挣扎。正是这种痛苦的挣扎,使他的作品具有了更纯粹的魅力,因为他"充血的眼睛里/流出的不是泪而是火"(《孤牛》)。

其实,陈大华的诗歌境界更个性化,读他的诗歌,让我们看到了中国现代汉语诗歌依然具有着生长的力量。

蒲永见:生命的瞭望者

没有见过蒲永见的面时,我就知道他在尘土飞扬的攀枝花伙同诗人甲子，还有现定居法国的青年诗人山杉等诗歌热血分子风风火火地创办过《裂谷流》《中国诗歌》等，在诗歌界产生过广泛的影响。这位模样长得像诗歌王子的蒲永见，1963年生于四川射洪县，现为绵阳市作家协会副秘书长、江油市青莲诗社副社长。他视诗如酒，视诗如自己的生命，曾在《星星》《青年作家》《朔方》《四川工人日报》等报刊上发表过诗歌数首。蒲永见的"诗歌作品一直延续了青春时代的热烈、执着和灿烂的想象，并同时充满了人类的悲剧意蕴和宿命情结"，在《凡·高》和《人类》等作品里我们看到的正是这样的过程：蒲永见从一名事物的旁观者变成了研究家。他的不少诗歌作品证实了他内心世界的真实感受，正是他自尊、自重和对人类的关爱，使他的生活和诗歌写作注入了新的活力。我从与蒲永见交往到成为朋友的十几年里，发现他的诗歌写作一直是自觉的，也是严肃认真的。他不是那种多产诗人，总是写几首就发几首，几乎没有废品和留着以观后效的诗歌在那里存放着。可能也和他的生活经历有关，蒲永见的诗歌充满了做人的坦荡襟怀与凛然正气。他的品质规定了他是当代社会的精神代言人。他的《寂寞，或一个星期天的下午》《音乐》《死去的婴儿》《永见在某一天的状态》等作品所展示的图景和得出的结论表明了一代人的自我确认，而不是纯粹个人化的奋不顾身的表达。在此，我们将蒲永见与蒋雪峰、陈大华两剑客的作品作一番比较：蒋雪峰的诗歌写作是确立一个灵魂和诗歌的精神家园，陈大华则是立足于巴蜀文化最深处而呼唤时代，蒲永见就这样，他一开始就以自我的个性姿态使现实生活的某些事件或事物成为历史的片段。

从《汲水的人》到《盼鼓》，再到《凡·高》，蒲永见越来越倾向于那个象征主义的"我"。我的寂寞、我的疯狂、我的危机和我的绝望，公布于众，寻求知音的认同。人生的光辉灿烂、奇妙精彩也莫过于此。

蒲永见的诗歌无疑有着它独特的光芒，也完全有着诗歌艺术生命的本质意义。他把纯粹的个人感受和个人生活的现实上升为诗歌，向诗歌界，也向他自己展现出一个超越时代风尚的前景。

快要结束此文时，我特作一点儿说明，在李白故里江油，近些年来成长起不少的诗人，他们各具特色：刘强诗歌语言的宁静、内敛之中展开张力和奇诡的想象；西娃诗歌情感的细腻温婉以及表现生命的意蕴；桑格尔诗歌充满金属质地般的民谣一样的歌唱；陈默实诗歌明静、直接而清澈的抒情；周铁山诗歌朴实而富有哲理；曾思云诗歌精神与形象浑然同一的艺术境界辽远；蒋小青诗歌特有的柔情的美，等等。这些已成了巴蜀诗坛一道亮丽的风景线，迷人无限。

我在这里为他们，也为蒋雪峰、陈大华、蒲永见三剑客深深地祝福。

2001-06-07

谈凸凹的诗

当下中国诗人群体很浮躁。一方面，那些对汉语诗歌传统持极端否定立场的人，事实上，其中的多数人或许不懂得什么是汉语诗歌的本质。网络时代的即生即灭的快餐性写作样式庇护了他们快速新生的状态。他们有时候高举着反对的旗号却不知要反对的是什么。这种过渡性的诗歌革命的初级阶段，在中国文学史上好像已经出现过多次了。另一方面，一些诗人用的既不是东方人自己的旧东西，也不是西方诗人的旧东西，他们倾向的是对东、西方传统的非常浅薄的表层复制，我们说这有意义吗？今天，我还是要强调一下过去的老话题，作为中国的汉语诗人，对汉语诗持有自觉性、严谨态度、自省态度是我们的义务。以语言拓展的汉语诗歌写作，理所应当地就成了我们的一个重要的使命。这里，我不想深谈别的什么，只想谈点儿我个人对诗人凸凹几首诗阅读后的感受。无论怎么说，凸凹对汉语诗歌事业的发展所做出的努力我们是清楚的。

我结识凸凹的诗歌是20世纪90年代中期，后来接触他本人时才知道，凸凹是 80 年代起步就坚持汉语诗歌现代性的诗人。最初几年，他的诗精微、简劲，以纯诗为目标，始于青春写作的快感，终于传统审美的教养。那时候，凸凹像许多青年诗人一样，骨子里藏着孤傲的野心。凸凹在当时是出色的，虽说如此，其诗作在活力、韧度和经验的包容力上，还有就是他的诗歌本身的生命力等方面同样有显见的缺失。其实，诗歌这种东西说白了，只是经验与语言之间彼此发现。

凸凹近几年的诗歌几乎看不到任何技巧，诗中那种精神叙事的凌厉、个人经验的坚持、纯粹自由的表达则令我惊讶：

那么大的草原，那么多的羊群
在后退——大鸟倒飞，河流反奔，骤雨
逆降，还是像房子在地下比高？当一队摩托，
一群响马，追上并两分羊群，中穿而过，
我看见了后退的脸、
棉田和黑夜的昼。当飞鸿、当疾风、
当流岚出现……当野狼纵出山谷，闪回绿光，
羊群开始以正走的姿势后退。
当大河、当断崖、当毒瘴……当前方
更大的草原，被同类吃进更大的胃腔
——所有的羊群都在后退：都在以慢的方式
后退。这样的生涯
可攀上斜刺里杀出的时间，

等来三千年前的宫殿和情人？
那么多的羊群——大海波涛的羊群，
天空云彩的羊群，笔画顺写的羊群
在后退——这慢慢的前行，
这倒行逆施的思想
多么恐慌、广大、无休无止……多么古老

　　这首《事物，或后退的羊群》的诗歌，让人震撼的是他在诗性追求和个人表达的同时，没有于身后群体命运以疏忽，有着厚重的民族历史和人性光辉的深藏，并真正能从诗人个体的经验出发去除掉那些攀附在这些词语之上的精神伪装，而毅然回归到精神命题、灵魂追问、历史思考、人性同情和家园寻找的原本状态。让我们看看凸凹 2007 年写的《蚂蚁，或俯仰之角》吧——

这黑词中的动词，动词中的黑词，
没人见过它夜晚的行动
——手电筒下的它，依然有着白天的笨拙、
惊惶和反光。它在天空基脚处创造的
最矮的高度，最优美的曲线
是那么疾速、无声！散步、思考途中
稍稍一个猛扎
就把天空诱进神出鬼没的地道，

进而曲径通幽，进而到达一个富丽堂皇

的宫殿。奇怪的是，尾随而至的

全部的天空、星星，都不能把这个宫殿打开、照亮，

或者说，蚂蚁，蚂蚁的宫殿

比天空更大、也更亮？而它自己太小了，

小得看不见它的隐喻、刀枪；又太大了，

大得密密麻麻挡住了外界的想象、眼睛，使

我们除了爬动的尘土，什么也不能睹见。这

打进根基的楔子，除了赞美、熟视无睹，

什么也别做，尤其是一只一只数落、掐算，

尤其是试图连根拔出

——看！它倾巢出动，比愤怒更快

词语是什么，词语就像永不停留的河流。这是我读凸凹的《蚂蚁，或俯仰之角》一点儿初浅的印象。当然，汉语诗歌本身就是一条古老河流，也是一条文化的河流。如果像哲学家黑格尔说的那样把"外在的事物还原到具有心灵性的事"，正是在对诗人敏识力、语言拒绝力和灵魂判断力的现场考量。然而，凸凹提供给我们阅读的诗句还是十分令人意外，他在《床语，或窗外扫地人》中写道："从未见过她的面影：每天／最后一个美梦的仇人、革命者，／我总是在腾起的污尘、臭味的垃圾里才会突然／想起，并解析出她的存在。对这个妇人，／说

不上憎恶谈不上热爱，完全的理解／是一定的需要的结果。我甚至不能肯定／这个做着干净的事的下层人／是一个人，还是一群人；是粗陋的女性，／还是残缺的男丁；是一个真实／还是那个美梦的余绪和幻象。因此，当我想／起个早床，趴在窗户上喊她的时候，／却不知怎样开口！对她的想象，还是／通过进入我楼宅里的家政工落地的：通过／对我家庭内部体制进行精微的表面处理的三位妇人，／我把整整一个冬天的深刻，扫帚尖上卷起／的海涛、想象，一点儿一点儿扩大到窗外、地面。"可以说这样的诗句大气舒缓、宽阔而又凝重。这里"正是她一日一餐、一餐即饱的饕餮之声／——她端的是天底下最肮脏的饭碗"，已经不是普通意义上在描述窗外扫地人，已经驱逐了精神叙事的溃散，达到了个人经验向人性精神的转换。是词语的河流穿越了生命，还是生命穿越词语的河流，或者生命与河流本是一体的，是相依为命的宇宙逻辑。诗人凸凹在他的诗行里给我们提出了一个更加深远的哲学命题，词语的河流把我们带进了另一条河流，而这条河流就是我所说的精神河流。我们知道，河流本身也具有轮回的寓意，也许这是人类命运的深度探询，也许是一种命运的悖论罢了，也许更是一种生命的呼应。所以，我更愿意从文明与文化的视角，从生命与精神的角度来阅读凸凹的诗。他的《核桃，或智慧》《普遍真理，或上或下》等诗里有着文化经验，也有解构与反叛，有着现实的怀疑与自我中心主义的抛弃。应该说，凸凹的不少诗歌，特别是近几年的诗歌中，那种日常的体验、生活的体验、生命的体验，与他自身所具有的学识交织、渗透，扩大了诗歌本身的表现力和穿透力，让我们从他的诗歌中最为深刻地理解世界的真实本性，特别是人的本性和命运。至此我想说，阅读凸凹的诗歌，让我更深刻地理解到现代汉语诗歌的历史命运和本真状态。

我还要说，凸凹的近期诗歌独具诗学特色，值得我们去研究，去学习。

2019-09-10

烈焰或自我的隐喻

我们深知：在这个无限提速的后工业时代，作为诗人其生存个体的自由空间越来越复杂、暧昧，实际上，这种暧昧的写作身份不是从我们这个时代开始的，而是在艾略特时代就成了定型的格局，至今都还没有看见谁能打破它。当我们从诗歌文本细读的角度和综合的社会学、文化人类学角度来评判一个诗人的诗歌的时候，其身份问题就不能不是重要的。说到田原，其身份既是一个教师、研究员、翻译，又是一个诗人。而当这些复杂的身份以各种方式最终进入诗歌写作的时候，其诗歌所呈现的就不单是一种美学效应和价值问题，而是更为复杂地呈现一个复杂时代生存个体的多重境遇。我想用田原的诗歌文本作参照，看看自己能否获得新的理解，发现新的写作思路。

一

有人说，中国的汉语诗歌缺少某种现场性，看不到诗人个体生命的"现场感"。我说，这是一种肤浅的认识，或许说这话的人很少读诗或根本就不会读诗。田原的《流亡者》，就有很深的个人现场体验在内，我最初读它的时候有所触动，它把我内心深处的某种东西唤醒了，而这种唤醒的能力本身也是一种气息。中国封建时代的许多诗人，因写作环境的多变，甚至还面临着"文字狱"一类的遭遇，所以写诗往往体现出"借物在场"的特点。西方读者看我国古代的《诗经》或《离骚》，可能被一大堆理也理不清的植物、地名绕得头晕眼花，而失去继续追索的兴趣。这些年，我结识过几位西方的汉学家朋友，他们或多或少都有这方面的困惑。

风留在石头里的脚印最多
风滴落在大海里的汗水数不胜数
风在火焰中是一只火凤凰
风在浪尖上是船的舵手
⋯⋯⋯⋯

田原的这首《风》，同样有一种"隐性现场"的个人的气息，是埋藏得很深的。物象对人心的传导性，被发挥得淋漓尽致。当然，这个"现场"的概念有着它本身的复杂性，在田原的其他诗中，如《钢琴》《树》《城市》等诗重生存状态而轻视生活的具体状态。我想：这既是作为诗人田原的一种选择，也是他作为普通人存在着的一种无奈。其实许多用汉语写作的诗人，是很难把握好语境的不变种的，当然也包括我和田原在内，这也是必须让当代诗歌写作者警醒的东西。

　　诗人有时候就像舞蹈者，他的诗就是正在创造的精神舞台。田原的诗有时很平静，可能是这种平静里包含着他对"沉闷的鸣响"的内心焦灼。"沉闷的鸣响"的状态，是失控的、任意的状态，存在着造成危险的可能性，随时可能释放出破坏性的力量。这是一种没有文明规范的野蛮状态。田原的《晚钟》则是文明的创造物和象征，是成型的状态，是成熟的表征，也是一种规范的力量。因为"没有哪一声雷鸣能压低它的轰鸣／没有哪一种音乐能比它带给我更多的激动"，"我知道钟声来自石头与火／我更知道它是我祖先生命与智慧的结晶"（《晚钟》）。我想，这首《晚钟》的境界已经在田原的诗之外了，也正是因此，使我对田原在"沉闷的鸣响"的钟声的关系的处理，产生出一种反省：我们渴望的认知世界虽然是人类从远古以来的基本冲动，但这种冲动所表现出来的形式还是发生了巨大的变化，最根本的变化是从启蒙运动以来，人作为现代主体诞生了，人的理性不仅确立了人的崇高地位，而且重新规划了人和世界之间的关系，世界变成了人这个主体的对象，人可以凭借理性去赋予这个对象以秩序和意义，人也可以凭借理性去把握这个对象。我得承认田原在创作《晚钟》时，他的意识是清醒的，要不然的话，那"沉闷的鸣响"的钟声不会蕴含着那么沉潜厚重的意念，钟声这个意象也不会从头到尾地贯穿《晚钟》。可以这么说，田原的这首《晚钟》是耐读的好诗，就像燃烧的烈焰在照耀着我们，让我们保持着清醒的头脑。

二

对于中国现代诗建设，诗人田原"不是'隔海观火'的隐遁者，而是一直在积极地参与研察"。的确也是，这些年他"获得了站在另一种语言上旁观和审视母语的机会"，"饱尝着'文化乡愁'的缠绵折磨"，主要是他确信："诗歌的魅力来自感性。"有时候，我在读田原诗歌时，完全感觉是一种情绪在自然流淌，它没有出现我们常说的所谓"主体"即第一人称"我"，但却处处弥漫着主体的情绪。这种结构方式是我一开始读田原的诗歌就想到的问题。当然，我在这里只想借助一个西方批评话语中的同义词——隐喻，来谈论田原诗歌的具体指向。而事实上，读完人民文学出版社在2007年出版的《田原诗选》，"隐喻"也确然可以构成一道风景，甚至可以说田原的不少诗歌是链接"抒情主人公"和"具体文字"之间的重要桥梁。

说起来也是，"隐喻"一词在今天对于具有常识性的读者来说，已经习以为常甚至略显陈旧。但是我们知道，众多或者几代用汉语写作的中国诗人仍然不厌其烦地使用这种修辞，并不断赋予其陌生化的倾向，这至少说明，"隐喻"具有难以超越的使用信度，从修辞的角度上说，任何一种修辞，比如：比喻和拟人，都会因自身的使用而造就文字的生动，因而，如何使用它以及使用的方式,就决定了诗人使用何种面目示人的可能性前提。

毫无疑问,繁复是一种美,简单也是一种美,其实二者在美的层面并无高低优劣之分。田原有不少关于树的诗歌给我留下很深的印象,其实《梦中的树》《春天里的枯树》和《枯树》的写法、主题都非常简单,就是这种简单造就了田原诗歌的朴素之美,让人产生出莫名的感动。

在《黎明前的火车》中,"我揉掉了粘在眼睛上凝固的黑夜/除了啼鸣几声的鸡和狂吠的狗我将是第一个从长夜醒来的人",似乎依旧再现了"朦胧诗"时代的抒情模式,但这种入情入理的写作方式,却可以证明"一个具有思想深度的诗人,往往是把深邃的思想不动声色地隐藏在他'结构和形象化'了的语言之中——即思想、哲理都是在他的艺术化了的诗句中经发酵产生出来的"。在这首诗第二节,"我们比火车先到达了终点,我们到了/火车还没有运来翌日的黎明。迟到的黎明/使我们的双目变得黑暗。而我们黑暗的眼前/正是太阳的心脏。我们摸索着/我们只能摸到呼喊,湿漉漉的/我们只能摸到面包和汽水,摸到一双双温暖的手/其实我们早已忘记了饥饿,我们在黑暗里奔跑/像这辆黎明前的火车",或许,我们在阅读这首《黎明前的火车》时,将漫长的时间转化为瞬间生存的空间,尽管这种时空转换需要更多细致的打磨和解读。我想,田原的《黎明前的火车》应该是他所有诗歌中的精品,我从这首诗歌中品味出他作为一个优秀汉语诗人内心里独特的感受。

所以我在这里要说，田原的诗歌也像我的诗歌一样，永远地存在着两个空间，在他公共性空间之下潜存着一个非常强烈而独立的个人空间。公共空间被他用以述事和抒怀，而他的个人空间才是我们要真正阅读的焦点所在。

三

田原在我眼中有着不凡的分量和魅力。他是写诗与翻译诗两方面都生辉的人。作为诗歌翻译家，他有看上去平常其实是罕见的能力：将高密度的生活感受与思想长久集中，全力以赴地翻译出许多中国和日本当代优秀诗人的诗歌。如将具有世界公认的重量级的日本当代诗人谷川俊太郎的大量诗歌译成汉语介绍给中国读者，同时又将中国一批中、青年优秀当代诗人的作品译成日语文本奉献给日本读者。不仅如此，还为中日诗人互相交流干了许多具体的事。我想，田原没有很高的天赋和顽强的意志是不行的。下面，我要谈论的还是作为诗人的田原和他的诗。

20世纪80年代末期，田原从起步就把自己定位成一个坚守于汉语诗歌现代性的现代诗人。最初几年，他的诗歌精微、简劲，以纯诗为目标，大部分诗歌都是始于青春期的快感写作，其诗在活力、韧度和写作经验的包容力上，同样有着显见的缺失。进入90年代，他迫使自己寻求一种新的设想、视角和语型语调。我们在从《田原诗选》中读到《声音》《春天里的枯树》《车过长江》《骑马者？牵马？马》《九月》《少女与墙》《给云》《梦死》等诗篇都是那个时候产生的代表作。正是这些诗歌，让我对田原另眼相看。

我曾与诗人翟永明一起谈论过田原的诗歌，他的精神姿态和写作格局深深地触动了我。田原的独特精神姿态给我的观感是：一个存在有个人化想象力的诗人，游走于中国、日本诗歌写作圈子，对其诗人与诗人之间丰富隐秘的私人关系及精神空间有着更深层次的了解，从这方面来看，一般的诗人是很难做到的。他的《狂想曲》《梦境之四》《光的重量》《如果能长长手臂》等类型的诗的确不错，我读后感到，这些诗作应该说都承担着更大的智性负荷。由此看来，田原与其说是热衷于柔情，不如说是热衷于用诗歌文本设置一个可供心灵去体验的生存情境。这样的诗，依然充满着暗示性这一古老的诗歌尊严。田原的组诗《家族与现实主义》就在个人经验与历史想象力、智性与感性、真实感和间离性、踏实与辞采、自由与限制之间，都达成了很大程度的平衡。我想说，田原写作的路子是独立的。无论我们谈论他过去的诗歌，还是评价他现在的诗歌，其修辞的可信感仍会给我们提供最为根本的价值和光芒。从我个人的角度看，田原诗歌的本质特征值得我们去认真研究。特别是他重视隐喻，以意象诠注生存状态，对自然与人世持适应立场等都需要或等待着我们和更多的人来共同探讨。

要全面评论田原的诗歌，不是这篇短文的事。我只从自己感兴趣的诗歌谈点儿想法,其实田原对诗歌写作的态度、对汉语发展、对诗歌文本的贡献等都是值得我们这些诗歌同行学习的。

2021-08-24

西山子云亭

南阳诸葛庐，西蜀子云亭。西山的子云亭在四川绵阳境内（现占地面积六百余亩），早在唐代就是饮誉华夏的名亭了。

子云亭与扬雄有关，这已成为历史。现在，西山上的子云亭有两座，最早的一座在西山的谷桌崖中，亭修建在一块大磐石上，初建时期据说不晚于唐代，又称"子云读书台"（现扬雄读书台）；另一座建在西山"凤凰"头上，是1989年11月建成的。

关于扬雄，不少历史文献中都有过这样详细的描述：扬雄（前53—18），字子云，蜀郡成都人，西汉文学家、哲学家、语言学家。扬雄在幼年时饱读诗书，青年时离家四处游历，赴京求学途经绵阳，在西山住了一段时间。他在西山发奋读书，著文填赋，在当地传为佳话。后来辗转到了京都长安，作有《长杨赋》《甘泉赋》《羽猎赋》等名篇。扬雄和司马相如齐名。汉成帝时，他做了个给事黄门郎小官儿，同时还研究哲学、语言学，写下了《法言》《太玄》等著作，名噪京华。王莽篡政后，他曾校书天禄阁，不久官职升大夫。后来涉嫌人事纠葛，被无辜逮捕，险些跳楼跌死。王莽政权巩固之后，赦免了扬雄。扬雄出狱后在贫困交加中度日，嗜酒如命，自我麻醉，不幸英年早逝，死后葬于长安。

应该说扬雄是一个悲剧性的人物。绵州人为了纪念扬雄，在西山扬雄读书处修建了子云亭。亭建何时，无从考证。亭前石壁上，刻有扬雄像，像高0.85米，身着开领道袍，一手执书，一手扶膝，两名书童侍立左右。石刻像古朴流畅，上侧刻有"扬子云真像"五字，像前石碑镌刻《子云先生传略赞》和《读史管见》，为清代人所为。据考证，"扬子云真像"早被史家列为宋代金石。在子云亭岩石南壁上，还有一龛刻于唐咸通十二年（871年）的道教造像，大小九十余躯，系唐代摩崖造像之珍品。子云亭屡毁屡建，民国六年，建成三生檐六角盔顶亭，1976年倒塌。现在的六角攒尖顶砖木结构，为1978年重建，保留了名亭的原样和过去的风格。

和旧子云亭遥相对应的新子云亭，居高临下，屹立于"凤凰"之冠，给历史文化名城绵阳增添了几多亮丽和厚重。

新建的子云亭是由阙门、过厅、阁亭组成的仿古建筑，墙垣环绕，走廊相连，蓝色琉璃瓦屋面在蓝天白云下分外凝重，重檐六角盔顶卓然凌空，保留了原子云亭的特征。亭高二十三米，亭重阁上，造型奇特，蕴含着汉代建筑风格。

不妨设想，在历史上，如果没有扬雄赴京求学途经绵阳之事，当时的人们不会费尽心机在一块磐石上修建远近闻名的子云亭。或许可以说，绵阳西山子云亭两千多年的历史跟扬雄有着无比密切的联系，不了解扬雄，就不会读懂今日中国西部绵阳西山子云亭。

2022-06-23

沈家村的诗意

前不久,一位外地朋友从远方打来电话问我说,绵阳这座城市哪处的居住条件最佳,我没有任何思考就告诉他,是我们沈家村。他问我为什么,我说沈家村很有诗意。说这话的时候,我不是以沈家村(即沈家坝)居住了一批文人为理由。其实,我在沈家村居住的这几年里,心底里总是埋藏着这样一种感觉:沈家村虽是人们居住的境地,但对我们这些搞文学艺术创作、文学研究的人来说,它历史的深层中却有一缕永远抹不去的诗意。

我不是想说这里有远近闻名的李杜祠、越王楼……更不想说房地产开发商把这里的楼房修建得多么有文化韵味。而我清楚的是:1999年冬天,牛汉、屠岸、孙静轩、李瑛、苏叔阳、邓友梅、陈忠实、舒婷、徐敬亚、唐晓渡等一大批中国作家集中在这里举办"中国当代作家跨世纪笔会",探讨我国艰难的文学事业。说起来应该是1993年涪城、游仙建区后,绵阳一批又一批文学艺术界人士先后来到沈家村居住,支撑起今天绵阳的文化大厦。难道不是这样的吗？在短短的几年里，作家吴因易在沈家村这块特殊的"领地"创作出几部电视连续剧；画家龚学渊、廖其澄等也在此地创作出多幅绘画精品。也是在短短的几年里，锦官城、海英、亚东、恒信等数家房地产开发商进军沈家村，一幢幢居住的高楼拔地而起。这一现象的确耐人寻味。对于在沈家村演绎的一切，我显然是无力做出解释的，这里发生的一切变化，也不是三言两语能说得清楚的。

应该说沈家村的居住环境十分幽静，这里的物质生活并没有掩盖我们这些文学守望者贫瘠的精神生活，在这里没居住几年的时间，我就感觉到了我的理想没有被物质生活所腐蚀。1998年，我在这里写出《皮肤上的雪》《一只受伤的狗奔跑在我居住的城市》等诗篇；2000年，我在沈家村写的《黑暗里奔跑着一辆破旧的卡车》和《鸟群中的鸟》等诗作再次引起中国诗歌界的关注，我才整理出诗作《国家》《死亡者之书》《乌鸦的三种叫法》《城市与河流》等和前不久在中国作家协会、《人民文学》杂志联合举办的报告文学征文评奖中，我获优秀奖的报告文学《中国之核》都是在沈家村创作的，还有那些刊登在《光明日报》《诗歌报》《星星》上的诗歌理论文章《使命，历史和诗歌精神》《坚守诗歌的尊严》《最为真实的黑暗》等都是在沈家村创作出来的。沈家村无论是对我个人，还是这座经历不凡的城市，都发生过或正在发生着难以预料的变化。

与诗歌一起在1998年初夏来到沈家村，我的内心矛盾而又复杂，明白的越来越少，糊涂的越来越多。而我唯一能做的，就是写出某些见证性的作品。人们大概没有想到，沈家村的诗意中，竟然有那么一批作家、艺术家在这里留下激情与哀情的足迹。他们的文字和画卷总是与人们的生存、城市的发展联系在一起。也许，这些东西是一个真实的侧面。写下这些文字，时间正好是下午的五点三十分，窗外没有阳光，远处的富乐山边有一群鸽子在一派苍茫中飞翔。

2022-01-24

爱情的独白

眼前这本诗集《人在旅途》，是香港金陵书社出版公司刚出版的。作者龙斌，是我居住、生活的这座小城某工厂的青年工人。在他这本诗集中，爱情诗占了相当大的比例，也最有独到的特色。而我感觉到，这不仅只是读几首诗，更主要的是从诗中读出人世间的一种真情和一种真实灵魂的裸露。

爱情这东西总是以其最特殊或最本质的方式呈现出人生的世界。高尚的爱情是珍贵的，也是痛苦的。"人在旅途／总是有太多的感伤和别离"，可"你在我的眼中像浑身／绕满荣光的美丽圣洁的圣母／却是偶然之中的必然"。这首《孤独者的自白》不仅是对爱情的歌颂，而且诗中表现出作者自己对人生、世界和宇宙的哲学思考。"我只能在人世间欺骗自己的孤独／时时在人群中去寻找和感触"，使崇高的爱情进一步得到了升华。这样就会使读者的视野更扩大，联想更丰富。

爱情对于艺术生命来说，是创作的本源和动力，特别是坦率、诚挚和发自心灵深处的深沉情感，在我们的艺术创作中，

常常都会迸发出灵感的火花,升腾为一种不可抵制的激情:

> 以为自己是最苦的行者
> 平坦的路也走成了坎坷
> 在宽阔的大道上
> 别人驾驭的是辚辚的马车
> 我却肩负行囊
> 拄着拐杖赶路
> ……………

也许我们不得不承认《无法言说的感觉》的确不同于一般的爱情诗,不像一般的诗那样热情或奔放,那样温柔或抒情。它征服我们的东西是:诗中思辨的奇想和作者自己流露出的真情。可以说是作者透过生活的本质,所体验到的爱情的真谛的心灵独白。

龙斌这位生长在乡镇,后来又去服兵役,再后来进了工厂停薪留职自费读了大学又回到工厂的现代青年,他在寻找爱情的同时,更重要的是在寻找他艺术生命的真正的价值。初读他的诗,你会认为他是一位多情的孤独者。他的爱情无须承诺无须结果。再读,你就会读出人的本质,对女性、对生活、对人类的痛苦之爱。"爱情不能用时间长短来丈量/幸福应该掺杂着伤和悔恨/真实地爱过一次/胜过麻木乏味厮守的一世/胜过相互离经背道的一生"。这首《如果我是你的——你敢要吗》，一开始就提出严肃的思考，诗中的被爱者被喻为"一只洁白的羔羊"，全诗笼罩着一种神秘而阴沉的气氛。品德高尚的人对爱情中的"大风雪"并不恐慌，因为"披着羊皮的狼"引人深思，会把我们引向更深远或更有现实意义的境界。俗人的爱情才是"甜言蜜语"，"爱不允许用它来掩饰真情"。这首诗告诉我们：高尚的爱情是不为尘世和肉体的俗念所左右的。诗中充满了出世境界与尘世欲念的矛盾，大大超出了平常我们谈论爱情的本身的现实意义，从另一方面来讲，也反映出作者内心深处潜在的矛盾和不安。

我们从龙斌的大量诗作上看，他走的是现实主义的创作道路。他毕竟像平常的人一样：生活在现实中。与平常的人不一样的就是：他力求在现实中熔铸进自己的青春与生命、情感与思绪。我敢说，龙斌对诗歌艺术生命的探索与追求是勤奋和执着的，有多方汲取与借鉴。要不然的话，他的诗作读起来，怎么会感觉到这样亲切、朴实、明畅和平静呢？他的《美丽的谎言》《白玉兰》《到问候里去找一位老人》《结局之后的结局》《最后的留言》等诗作，都包含着这样一种较为深刻的现实：如果人们只注重眼前的现实利益，那么烦恼和痛苦必将来临。在爱情中，许多的人往往只注重世俗的欲念，而不关心真正组成爱情的精神因素（我一向主张爱情是精神象征），好像男女之间的心灵的爱根本不存在一样。在对社会、人生、宇宙的认识过程中，许多的人往往也轻视了一点。龙斌的诗不仅从爱情的角度出发，而且也从一种更深远的意义上来思考现实与超越现实。他的《从噩梦中醒来》《关于啄木鸟》这两首诗就是有力的证明。

"一个错误/一错再错/只因为纠正了一次错误/还有新的一次错等着发生/一个错误/真的不想改正/就像贰分镍币的贰字/错误地写成了贰字/结果还是继续错误地/用同一个模子铸造/并在日常生活中流通/一个错误/注定还要错下去/我真的无法也不愿意改正/像错印刷的唯一一张邮票/成了我一生中唯一的珍品",这首《一个错误我不想改正》,除了将感情倾注于他的奇想与思考中外,作者还在矛盾的思想中更加突出地表现出他自己的真情来。他用"错误"这一无形的意象来揭示他本人对爱情的矛盾心理,而这正是他爱情诗中更吸引读者的重要部分。它从哲理抒爱情,从爱情寓哲理。爱情、哲理,完善地整合起来,强化了艺术与生命的统一,也不断地呈现出作者的思想,我认为这首诗是这本诗集里佳作中的佳作,实在称得上是龙斌的代表作。

我在三年前就读过龙斌的大量手稿,但我认为他的其他诗作写得一般,缺少新意和思想深度。而这些爱情诗的确不凡;构思巧妙,比喻奇特,还有就是深刻的思考构成了他爱情诗的主要特性。我们从这些诗中,读出他对爱情的追求、理解、歌颂和思索。他的爱情诗,饱含着极为独特和复杂的真情实感。

大师凡·高说过:会爱的人才会生活。我相信正在爱或被爱的龙斌，会将《人在旅途》这本诗集画个句号，写出更多令人喜爱的诗作，这才是我所认识的龙斌。

2021-07-05

生命的意义

现在看起来,我应该是个爱好广泛的人。

小时候特喜欢读书,当时正上小学的我没有什么书可读,就连我们学习的《语文》《算术》等课本也是学校自己拿蜡纸用钢板刻后油印的。

还记得那年冬天的一个夜晚的情景,北毛风刮个不停,父亲无钱买煤油回家点灯,遭别人的冷眼是常有的事,回家挨父亲的骂也是家常便饭。后来,我在垃圾堆里捡回许多别人扔掉的废电池,用钉子在电池的底部钉些小眼,再灌上准备好的盐水,实际上是给电池充电。第二天,果然有效,我用竹筒把四五节旧电池捆在一起,用二三尺的细铁丝作电线,花几分钱买来一颗手电筒灯泡,自己安装起"电灯"。天刚黑,我猫一样抹下脸和手脚,不顾吃没吃晚饭,跳被窝里打开"电灯"偷偷看书,有时被父亲发现,就得奖赏两巴掌。我当时看的都是些"黄色"的书,如《林海雪原》《平原枪声》《苦菜花》《红楼梦》《三国演义》和苏联小说《金星英雄》等,这些书多半是破烂缺页的，书脊软破，但不管怎样，我在书中找到了我们向往的生活：它有爱情，有阴谋，有友谊，有死亡，有亲情，有欺骗，有一切一切生活中有的，应有尽有，而20世纪60年代末的十三四岁少男没有经历的东西。

小时候我还学过吹笛子、拉二胡之类的乐器，没有钱买就自己动手做，没有老师教就跟在别人后面瞎吹瞎拉。但我最喜欢的还是看小说。那时候根本就没有想过将来长大当作家，当诗人，只觉得读小说可以认识许多字，能提高文化水平，还能明白一些做人的道理。记得当时我们村上的一位姓马的村干部对我说，小娃儿看多了小说思想复杂，想入非非，容易变坏。可我的经验是，如果不去读那些小说，更不知道当时该怎么活。

我那时候除了喜欢上街看唱戏、听人说评书外，还有就是跟着广播学唱革命歌曲、样板戏。中学毕业那年我十四岁，参加了村上组织的文艺宣传队。在宣传队里，我的反应快模仿能力强，什么小歌剧小话剧舞蹈都能上场，算是宣传队里的小聪明。一天晚上我们下队演出结束后，大家正忙着在后台收拾服装、道具等，我身边的一位队员嘴里突然冒出两句歌词来：

高山青，涧水蓝，
阿里山的姑娘美如水呀，
阿里山的少年壮如山啊。

我当时并不知道这是一首什么歌曲，出自谁的手。听着听着，仿佛我站在阳光灿烂的村口，耳旁像水一样流过悦耳的音符，眼前飘过一幅幅生动的画面。我在内心说，多优美的歌曲啊，简直是一种享受。我问她这是什么歌曲？她告诉我说，不知道。后来她补充了一句话，说是跟一位"知青"学的"黄色歌曲"，让我别乱讲。没过多久，我就打听到这是一首台湾歌曲，歌名叫《阿里山的姑娘》。说句老实话，60年代末和70年代初唱这样的歌曲是有罪的。不知为什么，从那以后我也无意识地喜欢上了这首《阿里山的姑娘》。特别是一个人的时候，就偷偷哼上两句。其实这首《阿里山的姑娘》我在那个年代根本就没有记全它的歌词，只记得曲调。

1973年夏天，我那时正在内蒙古的巴林右旗草原服兵役，在参加完师政治部举办的文艺创作培训班返回的途中，我乘坐公共汽车像一匹骏马奔驰在辽阔的巴林草原上。坐在车上的我不由自主地哼起《阿里山的姑娘》的曲调，我周围的人都以为我这个军人在发神经，全部把目光投向我，搞得我怪不好意思。记得有一次我回指挥班上雅马图山执行任务归来的路上，我和1.86米高的大个子班长杨军不约而同地唱起"高山长青，涧水长蓝，姑娘和那少年永不分呀，碧水长围着青山转……"。大个子杨军是山西太原城里的人，高中毕业到农村插队，他有文化，待人诚实厚道，我从新兵连集训完毕后就分配到炮连的指挥班，他当然就是我的班长喽。杨军发现我喜欢读小说、写诗，就主动将连里唯一的一份《解放军文艺》拿来给我看。我们交往时，我发现他也读过不少的文学作品名著，如巴金的《家》《春》《秋》，郭沫若的《女神》等。后来，杨军在暗中鼓励我坚持写作。从那以后，我的每篇小说、诗歌和话剧剧本，杨军总是第一个读者。很可惜我在炮连的指挥班待了不足半年的时间，其原因是工作需要，我被调到部队机关做事。但不管怎样，我只要有空还是常去找他，向他讨教。可以这么说，杨军是我文学创作初级阶段的启蒙人。

时间过得真快啊，宝贵的光阴一晃就是十几年。

我知道《阿里山的姑娘》的词作者叫邓禹平是在1986年初秋，我在川西北重镇的绵阳市文联供职做基层文学创作辅导时，去所属的三台县参加文艺创作会。会上，县文化馆搞音乐创作的邱平邦先生发言时，我才知道邓禹平是三台人氏。坐在简陋办公室兼会议室的我怎么也不相信自己的耳朵，这怎么可能啊？《阿里山的姑娘》这么有名，世界各国的友好人士都会唱这首歌，它的词作者怎么会是我脚下这片普通的黄土养育的呢？这个谜直到散会才被解开。邱平邦先生告诉我，邓禹平1948年从上海去台湾拍摄《阿里山风光》纪录片，在拍摄过程中，勤劳的阿里山人和美丽的阿里山景色令他陶醉，彼时彼刻，他的激情像大海的波涛难以平静，他一口气写出这首唱遍全世界的《阿里山的姑娘》。现在，每当别人和我唱起《阿里山的姑娘》的时候，我仿佛觉得邓禹平就在身边。

其实邓禹平不仅是一个了不起的词作家，在台湾地区他更是一位优秀诗人，生前写过不少的佳作。1954年，他同台湾的钟鼎文、余光中、覃子豪、夏菁等共创过蓝星诗社，此后又陆续创办了《蓝星》周刊、《蓝星》丛刊和《蓝星》季刊，延续几十年，影响甚巨。1990年金秋的10月，我在成都与诗人洛夫交往时，洛夫先生告诉我：邓禹平的象征主义诗歌影响了不少的台湾地区诗人；1991年冬天，我陪曾获过两次诺贝尔文学奖提名的台湾地区著名诗人商禽在四川广汉覃子豪纪念馆凭吊已故诗人覃子豪后，在去绵竹的路上，商禽给我讲述过邓禹平在台湾地区为诗为人的许多故事，令人感动。1994年夏天，著名诗人罗门、蓉子夫妇在四川大学的留学生楼向我和廖亦武介绍过邓禹平的诗品和人品，真让人受益匪浅。现在，我还记得邓禹平的《并不知道》这首诗：

雨露并不知道，
为什么一定要向大地飘落？
江河并不知道，
为什么一定要向海洋流奔？

地球并不知道，
为什么一定要围着太阳循行？
就像我不知道呵！
为什么我的思念总是飞向你？

为什么我的脚步总是朝向你？

为什么我的心啊!

总是环绕你;

就像它们那样日以继夜!

就像它们那样无远弗届!

就像它们那样分秒不停?!……

朋友们,当你们读着邓禹平发自内心,滴着血泪写就的感人诗句时,你们还有什么话可说?

写到这里,我想起邓禹平出身的三台县三元镇乡村那片神奇的绿色丘陵,如今这块土地还残留着诗人出生时的气息。是啊,邓禹平的一生陷入思念的包围和窒困,他孤独地面对自己内心的伤痛。但孤独并没有摧毁他的坚强意志,他的《阿里山的姑娘》和更多的优秀诗篇就是见证!爱他的事业,爱他该爱的人。是爱使他懂得了活着的意义与价值。

邓禹平!你这位有着博大的情怀、博大的爱的歌者,这位毕生鄙视陈规,人格最坦率,思想最强健,最执着于自由的人,你在世时所做的一切依然是抗争,而绝不是乞求和屈服。不,我分明看见你是一座坚守人格尊严的丰碑!

2020-05-03

民族文化展现的形象

中国的诗坛,似乎面临着某种难解的困境,在这个时候,每一个关心中国诗歌命运的人所面临的问题是:诗歌如何准确地反映历史、反映现实、反映民族的意识和人格的形象。诗人们在沉默。诗人们在思索。在许多的诗刊诗报面临着挑战的时刻,《广元时报》副刊与广元市作家协会联合在《广元时报》上推出了"端午诗卷"。我们从这个专辑里,看到了广元的诗歌创作是有潜力可挖的。二十几个诗作者从不同的审美角度反映出历史和现实生活中的一点一滴,很难说他们发表在这个诗卷里的都是些优秀的诗篇,但我敢断言,他们的的确确以独具魅力的精神产品引起了诗歌界和广大读者的注意。由此可见,他们已经无意识地形成了一个诗歌群体。

读他们的诗作,我有这样一个认为:他们的诗强调心智感悟,摒弃理性表白和浪漫倾诉。我们应该知道,情绪本身就不是抒写的对象,情绪对于一个诗人来说,它仅仅是在曲折暗示深层心理时起润滑作用。心灵的孤寂源于现代社会忧患意识的逐渐加深；对生存的困惑和超越这一困惑，显示民族文化精神，实现人格的独立性完整，是他们心态演变的总趋势。他们致力于改良诗歌的语言方式，弃绝再现性，择取表现性，倾心于词的全新搭配与组合，谋求貌似犯规而实则秩序井然的效果。有着力于提高语言的弹性程度，向往内部的张力效应。所以，直觉和知性成为他们诗歌审视世界和世界鉴赏他们诗歌的重要方式。

在这里，我不想再作宏观的泛论，愿简析具体的诗作，与读者一道雅赏这个诗卷。阿民是我们比较熟悉的诗人，他的《亲近书橱》一诗写得非常漂亮，与他过去的作品相比，又有了一个飞跃：

每到夜间
我都虔诚地走进这令人仰慕的墓碑群
醉心于奇迹的再生

诗人在极端和反极端之间找到了自己生存的位置。他以心智感悟为线，把疏落的意象珠连成表层有序的意象链；诗的内层想象空间处于衍生、扩张的运动状态。意象省，诗精粹。那书橱具有感悟的魔幻力，导致与生俱来的负重感："智者浓密的思想冉冉盛开／智者白昼紧闭的瞳仁炯炯盛开。"《亲近书橱》一诗别具现代敏感，张力强大，"书橱"一物对琐事作抽象后的放大："书橱"二字也可以理解为人生之旅，显示诗人感受之灵敏与炼意之成熟。独特还在于：弃除过程，只炼心境，揳入意识深层，使诗的内质单纯，意向宽泛。其主要的一个特点就是诗人的思想和人格得到了完整的体现。

凌鸿的诗，我曾在《诗歌报》《中原文学》《剑南》《女子诗报》《四川农村报》等报刊读过不少，给我留下的印象也是很深的。我曾在《中国新诗潮的一支不可抗拒的力量》一文中评价过她的诗（《女子诗报》1990年3期）。在"端午诗卷"里，她的《朋友》《一株树根深叶茂》两首诗委婉清纯地为我们提供了避免造成语言障碍的实验，是应该值得称道和重视的。

诗人要"有自己独特的语言，崭新的表达方式，其最大的价值恰恰体现过去从未有人试图去写这样的诗"（埃得蒂斯语）。习惯于用保险的语言方式写作，不在惰性便在功利。一个真正的诗人不去与语言作战，不去改良语言的表达方式，还能算是真正的诗人吗？"我熟悉许多人／他们身上有一些共同的东西／那是一种颜色／这种颜色温暖／这种颜色／深入他们的内心"，这首《朋友》充满和谐、人情味气息浑厚，其外在明白的表达这一点儿也不浅薄，相反却放大诗人自己以及人与人之间的心灵。她风格清新，一拘的表现方式源于向生命原初状态复归的热望，令人惊羡、神往。她的《一株树根深叶茂》更值得探讨。"想起外婆／一株老树就会走近／它根深叶茂／像外婆的女儿／繁殖不息"，我们直觉出这株根深叶茂的树是个契机，是我和你共同制造的先决条件。"我是老叶的一片叶子""外婆曾经是鸟"却原是灵魂的正面和反面。这首以点暗示人类的存在,以诗的生命本质趋势暗示结局,大大地拓展了诗外的空间建筑。从以上两首诗能看出,凌鸿的诗主要强调人的感性和知性,我认为她的诗是最高层次的把握,是意识指向而非情绪流程。她的诗的内涵诠释人生,探求人的生命的本源,表达出诗人自己对生存的状态和方式极为敏感和关切。

我们从杨华刚的《铁器农具》和何华安的《故城墨痕》的诗中感受到一种民族文化的精神实质的东西。二位的诗我过去没有读过,但从他俩发在"端午诗卷"的几首诗,看得出其文学基本功是扎实的。杨华刚的诗如禅宗的偈子,机智和幽默,更主要的是有着深远的现实意义:

　　痛楚　孕于土地
　　当我们举起锄头　握住镰刀
　　把握这些铁器农具时
　　便有了安全和家的感受

　　使用铁器农具
　　有如使用最简单的文字
　　俯下身去　想象一头牛或一只羊
　　模仿这些原始动物的生存方式
　　其实　真实的生命不过浅显如此
　　嘴都俯向土地

把农具举过头顶
刺伤　或成熟或生涩的土地
便感到洪水退却　绿浪如潮
涌向你这多情子

——词语透明度很高，但组合特殊，一种苦涩的嘲讽从通常是被约束的日常语言中脱颖而出。读这些诗句，我们至少能够感受到它不是一般化的意象设置。"锄头""镰刀"这些铁器农具都是中华民族的象征。"把握这些铁器农具／便有了安全和家的感受"，"使用铁器农具／有如使用最简单的文字"，"把农具举过头顶／刺伤／或成熟或生涩的土地"。要理解这些诗句的真正含义，只有对现实生活，特别是对当代农民生活的观察和体验仍然是不够的，还需要有对现代诗表现方法的知识和领悟。我认为杨华刚的《铁器农具》是十足的写农村题材的现代诗，这不仅仅是作者运用的语言构成和表现方式，更主要的是诗的整体感和观照意识隐含着许许多多耐人寻味的社会内容和当代农村生活的哲理。写这种诗过犹不及，幽默是有分寸感的心灵自由，我觉得这首诗的节奏还可以更自由些，捏得太紧是要限制许多有生命本质的东西的生长的。

现在，且看何华安的《故城墨痕》：作者对"故城"的依恋或者是自我存在的本能，和环境时而亲近时而对立——这种充满矛盾的精神痛苦是不可克服的，"一株胡杨树却在城外孤单／它那张未及署名的山水画／被驼铃驮走／匆匆流浪"，诗人的心灵是孤寂的,然而坚忍、自强不息,否定了陷身在"清冷的夜晚"中的生存状态,向往着的也许是永难实现的生存方式,但顽强的灵魂"如同命运的轨迹/正缓缓蠕动";希望内心世界能完全支配物质世界取得表达上的绝对自己。在作者看来,唯有"出土的故城/裸露在鹅黄的天空下"置于绝境才能凸现生命的强悍和民族文化的精神实质。在这里,我可以这么说:何华安的《故城墨痕》耐读不是诗的魅力只在表层格调的提升,更主要在于诗的实质性展现出一种古老民族文化的精神力量。

《遥远之水》是已经在诗坛探索了十几年的李先钺的近作,这首分为两节的诗,实际上是诗人自己在一个最令人兴奋的季节里感觉到的心境描写。可贵的是作者不像一般人所习惯的那样来写喜悦和兴奋的表面现象,而"回忆麦地那片阳光/以及拔节的麦苗"之后,"和姐妹们一起/靠近麦地"的画面呈现在人们面前时,感受到的便是一幅交织着艰辛与兴奋的中国农村的风情画。作者写的也不只是自己的感受,更重要的一点是从心理学上表现了中国农民的审美要求或渴望,同时也在心态上渗透着一种难以言说的悲怆感。

周冬的《隔海书》虽没有语言的创新,但他写得深情、厚重,为我们提供了一种生命热情和生命感觉的生存方式,在这种方式中,作者的精神需要得到了某种满足;雨薇的《雨中感受太阳》也是值得一读的,这首诗的意味很浓,其标题也另有深刻的含义,读后我有这样的感觉:标题和诗共同促进我想象力的蔓延。在这个诗卷里，李敏纳《十步之外》，王勇的《读》《琴之涅槃》，梦帆的《小城火锅》和邓德舜的《山中行吟》等诗写得都有各自的特色，在此我就不一一地细说了。从"端午诗卷"的总体来看，广元地区的诗歌创作力量是厚实的，他们的探索精神和实验成品令人振奋，但从另一个方面来说，中国的新诗面对极大的困惑的时候，《广元时报》副刊能用整版的版面推进这样一个诗专版，就目前来讲，在全国党报中是没有的。这无疑表现出了《广元时报》副刊编辑先生们的远见卓识。

此文的最后，我要强调一点的就是：没有使命感和历史感的诗人是短视的；缺乏责任感和现代感的诗人是虚伪的。我真诚地愿广元地区的诗歌群体甘于寂寞，勇于探索，在中国新诗的发展进程中奉献着各自的独特的精神世界。

2019-07-12

诗 之 生 命

对于榕榕,这位生长在川西北丘陵乡村的作者,在她真正开始写诗的近两年时间里,一直在写着她自己的彩虹一般的梦。而现在,当我读着她《面对夏天》这组诗的时候,是不是可以更宽容些,或者更随意些?我不认为一个优秀的诗人应该从他所处的地域环境或别的什么东西来显示他的特色和优势。作为一个真正的诗人,他的成败与地域和环境都毫无任何关系,而重要的一点则是诗人自己的人格力量、情感力量和诗歌精神。在本文中,我要强调的一点就是:诗,首先是诗人内心世界与客观世界的真实反射与互映,来不得半点儿虚假的杂质。而虚假的东西总是不同程度的模式,不同程度的粉饰。

在诗歌里,诗人的人格力量和情感力量就是诗人生命的历程。榕榕《面对夏天》这组诗,作为她自己一种特殊的精神现象,我感到她的真挚与真诚正穿越语言,让我们真实地领略了她的精神风景与灵魂现实。读《初夏,一片树木及吊床》这首诗,不知道为什么,我过多地感受到被动、不安和心灵的疼痛。

"在另一座城市的郊外""有阳光和鸟儿"——背景是一幅辽阔而又千变万化的生命图像,自然的色彩斑驳,"林荫下／吊床升起你透明的影子"像大海那样涨潮落潮,那样无法平静地起伏着和那样强烈而持久地涌动着,但又不能不得不回避什么或拒绝什么。"在那片树木／升起初夏飘摇的梦",作者以真实的情感向我们倾诉着那发自灵魂深处的痛苦与欢乐,真诚地表达着一个生命的状态和历程。如果我们认为《初夏,一片树木及吊床》是榕榕关于生命瞬间的快速曝光,更集中地展示了作者情感世界的真实体验,那么《稿纸上,一只夏天的红蜻蜓》则是作者自己对生存氛围的全景式多方位的系统感悟后的深刻倾诉。在这首诗里,诱惑着作者的是一种非常强烈的神秘氛围以及人与自然的高度和谐。在此也不难看出中国文化的神秘主义和自然崇拜对榕榕诗歌的深刻影响。这里,应该更进一步强调的是:作者所迷恋的,也是最令她感动的还是那道人性与人性的光芒:

这个闷热的正午
你无意地停落在我的稿纸上
你便成了鲜亮的诗行

你美好的停落
捎来孩提时
一朵甜甜的笑容

轻轻地
掠过我心的湖泊
让我荡漾在
童年里某个采桑的下午

多么美好温馨的人情世事啊！作者借题在红蜻蜓这个意象上发掘出一个令人神往的人性天地。从一定的意义上讲，在榕榕的神秘体验里和艰难的追求中，诗歌简直就像至高无上的上帝，透过各种自然景观，来启示生命的真谛。

"这个夏天里的第一场暴雨／清洗了尘灰覆盖的梦／雨中一个多愁的灵魂／脱去行走得太久的身影／让这场风雨／第一次住进自己纤弱的人生"（《这个夏天里的第一场暴风雨》）。生命的价值（诗的生命）对写诗不久的榕榕和更多的诗人来说，它永远是一个看不见的怪物，在对诗的生命的本质的寻求中，以上这些诗句可以说是榕榕痛苦的自白。这里是否传达了压抑、被动、畏怯和不得不认命而后缄默的不胜负荷的凄楚？我们必须承认，爱着、恨着和活着都同样的艰难，都同样地要受到非自然力的局限和摧残。因为你必须在接受阳光的同时，又接受风霜雨雪；你必须在进入天堂的同时进入地狱。你别无选择。谁让你是有血有肉的人呢。

榕榕《面对夏天》这首诗表面上写得很冷静，但只要我们细细品味起来，就会发现她的内心是非常痛苦的，其根源在于生命本质的难以把握和灵魂的无所皈依。为了摆脱这种与生俱来的形而上的痛苦，榕榕将自己的生命历程寄希望于神秘的诗歌创作，以此来寻找她自己的灵魂的栖息之地。榕榕正是凭着她的悟性和艺术才华，才征服了我们。《面对夏天》一诗所传达的就是作者本人寻找生命价值的心路历程。

《读信》是一首如此深重与忧郁的爱情诗。情真而意切，是这首诗的艺术特色。榕榕善于运用作品意境内部包含的张力，来感染我们，而不是特别诉诸语言的外部修饰和润色，着力使现实生活的原型变幻于诗人自己神奇的感情的调色板。"你站在一页薄纸上／用平静的声音／掀翻了我的寂寞"，诗的开头就抓住了读者，使我深切地感受到这不是一般的信，而是有声有色、带有感情的立体效果，紧接着，作者又深情唱道："伤感印在七月的脸上／七月在一次别离里／猝然病卧于雨季"，透过这些忧伤的诗句，我们发现作者自己有着艰辛的流离和心灵的创作，有深深而又水晶般透明的痛苦爱情，因为她这些动人的诗句告诉了我们：她爱她心中的偶像或值得她爱的白马王子是爱得何等沉郁、绵密、丰润、凄婉而真诚。爱情是什么呢？爱情不过是心灵与心灵相互的吸引。然而，真正的爱情是得不到的。这难道不是吗？"我们在两个远方／行走在默契里／栀子花为你盛开洁白／夜晚的颜色／充满了我对你的想象"——没有什么东西比之更为凄迷更为深痛的了……榕榕，你知道吗？爱情，这孤独的花朵正开放在你生存的悬崖上，你要用尽终生去摘取，而你历尽磨难之后，所获的也许仍将是一无所有。而我留在你心灵叶片上的血痕，将是你永永远远今生今世爱过和被爱过的唯一见证。我相信，爱情它会给你歌唱的嘴唇和活下去的勇气，同时，也会给你含泪的微笑和深刻的痛惜。因为爱情是真正懂得爱的人的生活动力，《读信》这首诗可称得上是榕榕的又一首佳作，她写了许多的爱情诗，在她的眼里，爱情是她最崇高最美好的精神向往。

我对榕榕是比较了解的，她给人的印象是天真、单纯的。其实不然，她的内心世界有累累的血痕，她的昨天、今天和明天正证实或将证实她仍然活着爱着和被爱着恨着而且歌唱着。我拜读过她的大部分诗作，她的诗是发自内心世界的，对于人的内心世界真实而又能准确地把握。我们从她这组表现人的感情的《面对夏天》来看，她体悟到了人生的多艰和生命的韧性，特别是她的爱情诗，更体悟到人类有许多理想的崇高的爱，虽暂时不能实现，但她并没有放弃她的追求。正因为如此，读榕榕的诗，即使是读她带有悲剧色彩的诗，也不使人消沉，却有一种澎湃搏动的力量在内心汹涌着。

诗歌，作为一门语言艺术，已经伴随着人类生存了许多年。关于榕榕诗歌语言和抒情方式，我觉得应该引起我们注意的是：在众多的诗人纷纷嚷着要破坏传统的语义方式和抒情方式，重建现代的口语化语言，甚至"反传统""反文化""反语言"的时候，榕榕的这组《面对夏天》，得力于她那平淡而又独特的语言运用。她的语言仍然以其深厚的传统语言形式和抒情方式揳入诗歌内张力的深层，从而进入生命和表达生命（诗之生命）的整体结构。榕榕的诗没有惊人的意象，她以真实的生命体悟和自然互相依存，却产生了强烈的艺术的冲击力量。因此，我认为这已经不是形式或语言本身所能达到的，它明显的是一种强烈的生命意识，人格的力量和情感的力量的展现，要不然，怎么会有这样一种内在的整体的神韵来征服读者的心呢。

榕榕写诗的时间不长。榕榕选择的是一条不平坦的路。榕榕的诗也有不少的毛病，如写作手法单一，笔力缺乏思想的尝试等。榕榕在今后的创作中必须要有足够的思想准备，以探索者百折不挠的勇气和韧劲，大胆地走下去，同时，要读大量的书，吸收艺术的营养，痛苦再痛苦，才能在中国诗坛的百花园中独树一帜。

2019-09-01

四川诗人

应民刊《诗家园》章治萍先生之约，特编辑了四川诗人的作品小辑。20世纪80年代，四川诗人无处不有他们的诗歌和身影，可以说是铺天盖地，或许可以换一种说法，即你在任何一座城市，有时连上厕所都能遇上几个写诗的人。这些年来，四川诗人独自干着自己的事，诗人与诗人之间谁和谁结盟在一起我觉得这是很自然的事。我认为，四川诗人对待诗歌写作始终持有热情。

本辑收入的诗人现都居住在四川，由于他们是切实的个体化写作者，把他们作为四川诗人的代表人物介绍给读者就成为一件必要的和名副其实的事。非非主义诗歌运动的领袖周伦佑始终坚持他自己的写作立场与原则。他的姿态是革命者的姿态。他预先给自己设计了英雄形象，使他的诗歌在新时期的中国诗坛得以具体化，变得无人可以触摸和模仿。如果说"伟大"这个词可以和诗人联系在一起的话，无论是作为历史的见证人还是作为诗歌的革命者，周伦佑应该获得某种殊荣，因为他的品质规定了他是我们这个时代的代言人。众所周知,诗歌理论家杨远宏在80年代的理论是独树一帜的,杨远宏的回溯视角是指向过去的,说准确点儿是指向人们失去的家园。他凭借着想象,不是对某种现实历史的回忆,而是针对人的精神实质,读杨远宏的诗,我看得清他是一个十足的精神上的流浪汉,唱着面对这一切所唱的挽歌,真是感人至深。从《感情B大调》到《精神镜像》,陈小繁继而成了生命本身的确证者。我80年代初期开始读她的作品,可以这么说,她越来越倾向于那个象征意义的"我"。陈小繁的激情是天才性的,她把纯粹的个人现实上升为诗,向我们、向自己和向世界展现了一个无比悲壮的前景。蒋雪峰生长在唐代大诗人李白的故乡江油,我读过他绝大部分的诗歌,他是我们四川中生代的重要诗人之一。他的诗平实而又自由,在深邃而又灵动的主体意识的糅合下统一成为一个和谐的艺术整体,我个人觉得蒋雪峰的诗歌既充满浓郁的抒情气息,又闪烁着诗人自己的理性光芒。程永宏的整体诗歌中没有惊涛拍岸、史诗般的大气,有的只是历史拷问灵魂的独白,灵与肉的渗透与反观。在诗的语言形态上,程永宏更高强自由。说实话,诗的品格高于一切,我更喜欢程永宏单纯的诗意与简短的分行,就像他单纯朴实的为人。生活在川西北高原的牛放是一个非常个性的诗人,他不代表谁,也不拯救谁。只认可诗歌状态,即那种探求真理的艰巨性与复杂性的勇气。牛放把自己深深陷于对美的热烈追求与俗世的抗争中,但他并不唯美。他更重视人文的普遍的关怀与社会良知的发现，他的诗歌为证。70年代出生的蒋骥，他的诗擅长选取生活中最平常的小事和最普遍的现象，然后提炼出最典型的细节，在静观深思后以纯粹、浓缩的情将其表达出来，从而具有含蓄、深刻的美，这么说一点儿都不会过分，蒋骥的诗对生活的观照感悟透辟而又精深，展现了普遍的社会意义和典型性，表达了诗人对生活的无尽热爱和独到见解，物我合一，主观和客观融为一体。活跃在一些民刊的诗人多为70年代出生的诗人，我也承认他们中间确有一些诗极有才能。我并不想对曾蒙的写作前景作断言，但他的确是我所见过的70年代出生的诗人中比较有才能的诗人。中学期间因为诗歌创作突出，被破格免试进入西南师范大学，几年过去了，曾蒙的写作依然那样才华毕露、出类拔萃。我觉得曾蒙的诗非常优美和灵动，在任何意义和标准下都是诗，而且是难得的诗。白鹤林是我居住的这座城市中最有潜力可挖的青年诗人，我反对他常常以他出生于70年代的诗人这一说法为荣。白鹤林的诗具有超强的稳定性，平衡的写作技巧是其显而易见的特色，它是智力和精神的必然产物。我们通过他的作品可以窥见艺术作为精神的整体价值。我认为白鹤林在新一代诗人中是天生而本质的诗人，我喜欢他的书卷气，我不喜欢他缺少诗人的尖锐。关于我和我的诗歌，自己的确不好去评说，还是留给评论家们和读者去评判吧。

诗人是被流放的精神贵族。这很有可能是诗人命定的背景和存在的意义。作为诗人，我们能存活多久并不重要。重要的是我们活着时写出了什么，在物欲横流时我们能否挺住。

2019-09-03

沈家村读诗札记之一

一

20世纪80年代以来,四川作为中国诗歌重镇全得益于一位重要的诗人。不是他的诗篇如何优秀,而是他对诗歌发展持乐观的肯定态度是独一无二的。记得当年,他为了扶持青年诗人的成长,把崭露头角的周伦佑、廖亦武、杨然、余以建、龙郁等一批又一批年轻人从四川各地借到他操持的《星星》诗刊做见习编辑,这个诗人的名字叫白航,原《星星》诗刊主编。

说到这里,我突然想这样一个问题,新诗的发展是时代的呼唤,是民族精神的需要,更是文化强国的需要。从历史的角度来看,凡是诗歌繁荣昌盛的时代,就是人民素养最好的时代。像白航这样的诗歌建设者是值得我们去尊重的。因为中国诗歌需要一代代懂诗的有良知的人去精心建设。

二

洛夫是中国现代诗歌的重要建设者，他的诗歌沉重、冷峻，其基调幽暗，具有历史的纵横感和鲜明的精神抱负，他是一个真正的诗人中的诗人，他极具人性光辉的诗篇，是中国汉文化的一笔财富。《石室之死亡》《漂木》两部长诗奠定了他在中国诗歌史和中国文学史上的重要地位。其实，洛夫本人就是一部深刻的史诗。

三

诗人痖弦是台湾地区《创世纪》诗刊的三驾马车之一。我是1982年在人民文学出版社出版的《台湾诗选》上第一次读到痖弦的《瓶》《地层吟》《水夫》等诗歌。后来，又在诗人流沙河选编的《台湾诗人十二家》上读过他的一些作品。1990年，诗人商禽给我寄来不少台湾地区诗人的诗集，当然也包括《痖弦诗集》。去年11月，痖弦荣获第四届中坤国际诗歌奖。

四

读罢晓渡兄对诗人邵燕祥的访谈，我的第一感觉，这是一个真正意义上的诗人的精神苦旅，他是把自己的生命当柴燃烧的探索者。今天也许会有人讥笑这种诗人的苦行，讥笑这种精神追求的执着，然而我敢断言，真正能够留在文学史上的名篇正是这些苦行者带着血泪的足迹。诗人邵燕祥深深的足迹，也是近半个世纪中国文学的轨迹。

这里我在想，诗人邵燕祥通过自己的生活感受，经历了这样丰富的内心体验，跋涉了这样漫长的创作道路，这是时代的赐予，也是时代的显现。诗人邵燕祥是独行的，他在一种现代后现代意识中，对现实、历史、人生获得新的破解。他以自己的生存感悟和内心体验，表现了一个时代、一个国度文学价值的深刻变化。如今，这样的诗人还有多少呢？

五

"七月派"诗人牛汉离开我们一年了，不知为什么我依然认为他像一棵常青树一样地活着。80年代认识牛汉，我们有过多次交往，他的外露和倔强给我带来了无穷无尽的精神力量。2005年5月人民文学出版社等机构在诗仙李白故里绵阳举办首届中华校园诗歌节，诗人牛汉为诗歌节题写了如下的文字："在校园生活学习的青年学子，心明眼亮，胸襟开阔，定能发现人间极远的奇景，定能感知潜藏于心灵深处的美妙的梦和炽烈的诗。"现在想起这些文字，内心充满着无尽的温暖。

贵州诗人南鸥两年前在北京做的这次访谈，读罢全文，让我们真正地认识到在这个时代谁才是有骨气，敢说真话，有品格,没有奴颜媚骨的杰出诗人。

六

诗人白渔以他诗歌写作的经验告诉我们:一是诗歌情感的真实,二是诗歌写作的热情。近年来,由于网络等载体的出现,人们普遍性地把阅读视为一项规定的精神性消费,厌恶咀嚼和思考。优秀诗歌的深刻内涵和独特境界,对这些人来说,不免觉得有些生疏,甚至本能地加以排斥。

青海前辈诗人白渔是我敬仰的诗人之一,他对诗歌的热爱几十年如一日,他的诗歌的品质显示了他的生命的深度。我想青海诗人班果、马丁、马非等的写作,或多或少都受过白渔的影响,因为白渔的诗歌充分表现了自然之美和人性之美。

七

诗人石天河是成都《星星》诗刊的四位创始人之一,另三个是白航、白峡、流沙河。无情的现实生活给诗人心灵留下抹不去的记忆,他的坎坷生活本身就是一部深刻的诗卷,给人类留下了一笔丰富的精神财富。蒋登科既是石天河的学生,也是石天河的研究者。此文对石天河的诗人生活做了完善的诠释。

八

　　诗歌的使命是诗人自己对记忆的保持。诗人刘章的记忆是对生命和人生的记忆,他坚持几十年诗歌写作,其基本精神就是唤起更多的人不断追寻。李南的访谈告诉我们,刘章的这几十年诗歌没有遮蔽、升华或者否定什么,正是这些可贵的真实,得到同行尊重,也证明了他精神上的优越。

九

　　诗人的想象不仅不排斥实实在在的生活积累,而且想象力丰富的诗歌都是有关深厚的现实生活的底蕴。我十分欣赏生活在甘肃的诗人高平的纯粹性,他像许多杰出的前辈诗人一样为中国新诗的发展付出了心血,他的诗歌的品质是饱满的,值得我们学习,因为他保留了他们那一代诗人所处的时代的真实声音。

十

　　阅读云南晓雪的作品时,我的脑海反复地出现这样两个词语:纯净、典雅。我说的是他诗歌内容的纯净和思想艺术上的纯净,以及基调上的明澈纯洁。他的许多诗歌都没有表面的喧嚣，这和他本人一样安静，就是有大波大浪，也是在底蕴和内涵上，哪怕是写到死亡、灾难和人性的丑恶，他的文字都始终保持着一种节制和温婉。他的作品被诗界公认的，也是他的诗歌最突出的特点是典雅。

十一

我们知道，台湾诗界在20世纪五六十年代提倡现代诗歌的创作技法，完成了从现实主义诗人向现代主义诗人的"转型"。因此，带来了台湾地区的现代诗歌的繁荣，也造就了洛夫、痖弦、碧果、张默以及管管等一大批用诗歌来反映现代人生活的现代诗人。我和管管2009年在第二届青海诗歌节上有过较短时间的交往，他给我留下最初的印象是说话幽默。其实在认识他之前，我就读过他的《脸》《十六把剪刀》等作品。我个人认为，管管用他的诗歌在强调现代诗歌语言应该适应多元化的现代文化时，充分展现出了自己作为现代诗人的独创性和独特性。如果不信，就读读他的作品吧！

十二

张默除了写诗外，也写诗评和散文。二十多年前在成都分别与洛夫、商禽等台湾地区诗人交流时，我就知道他是《创世纪》的灵魂人物。商禽曾寄给我好几本台湾地区出版的张默的诗集,我都一一品读,他早期曾追求现实主义甚至超现实主义的诗风,如60年代写的《掷出一把星斗》《鸵鸟》《一溜烟之翩翩》《门之探险》等作品都具有一定的代表性。然而,随着年轮的滚动,他对早年所探索的超现实主义诗歌有了新的认识,他后来写出的《家信》《饮那绺卷发》《惊晤》等诗篇更为优秀,也可以说这些作品更显示出他驾驭语言的能力,使诗意与语言达到了完美结合的境界。由此,我想起了西安的老朋友沈奇对张默诗歌评价的一句话:"让我们看到了张默生命的底蕴更趋深厚,生发出新的意向,以及新的语言光泽。"

十三

李瑛是我尊敬的诗人,他坚持诗歌创作几十年如一日,是值得我们这些晚辈学习的。他的诗歌展现了一个诗人独立的思想,营造了诗人真实而又充满诗意的空间,其充沛的情感和纷繁的意象使得其作品既简朴大气又扑朔迷离。他的诗歌既有着古典情愫,也有着贴近人性的时代情怀。毫无疑问,他的诗歌写作非常具有代表性,是中国当代新诗的缩影之一。

十四

诗人赵恺对"80后""90后"新生的青年诗人来说是陌生的。而我知道他是在80年代初期诗歌复苏后疯狂的年代,他的一首叫《第五十七个黎明》的诗歌，当时给我留下的印象特别深刻。据朋友马铃薯兄弟介绍，赵恺的日常生活过得非常敦厚、实在、自信和宽厚。我从他的诗歌中读出了一个优秀诗人的境界，其作品无不充满历史感和文人情怀。特别是如今，当我重读《第五十七个黎明》时，依旧被感动，依旧感到优秀的诗歌所蕴含的难以抗拒的力量本身就是一种生命。这里我想说，诗人赵恺是值得我尊敬的。

十五

认识诗人张新泉是在70年代末、80年代初。当时他的诗集《男中音和少女的吉他》蜚声诗坛。随后，他的另一部诗集《鸟落人间》又荣获首届鲁迅文学奖。他的《好刀》《枪手》《野码头》等诗篇在诗歌界广为流传。特别是近几年的探索显示了他独有的艺术生命。张新泉的诗歌不仅仅是具有独特的抒情性，更重要的是，他笔耕不辍、勇于自我超越的可贵品质。作家聂作平对张新泉几十年的创作与生活都很了解，他的这篇文章审视着诗人张新泉的独立精神与社会人生。

2020-11-28

沈家村读诗札记之二

一

几次读罢广东高校校园诗人的作品，我的内心都充满辽阔与真切的感觉，诗歌世界里的新生力量不断地涌现，我从这些青春的诗行间，认识他们的才情与智慧，更认识了他们把时光、青春、爱情、事物、精神、情感深处最能替他们言说此时此地、此情此景或彼时彼地、彼景彼情感知、领悟的事物召唤起来，披上诗歌的光芒。

对于当下汉语诗歌写作要不要叙事的问题，我认为没有必要在此时强调。但有一点，我还要说：诗歌不仅是诗人灵魂的载体，更是诗人远离世俗的精神港湾。写诗不仅仅是自我抒发情感，更要为社会多一些担当才行。诗人有责任坚守诗歌的独立精神，有责任提醒社会和大众重新重视诗歌。

二

　　四川作为中国的诗歌重镇，是文学界众所周知的。这不仅仅是因为巴蜀文化底蕴深厚，诗歌群星灿烂。"自古诗人皆入蜀"，李白、杜甫和"三苏"，光辉千古。现代文学上，巴金、郭沫若、沙汀、艾芜、李劼人等皆为文学大家，老一辈诗人孙静轩、流沙河、木斧、王尔碑等写下了不少有生命价值的诗篇。

　　文学狂热的80年代，"莽汉主义"、《大学生诗报》《现代诗》《锦江》等都是从四川各大学校园兴起的，翟永明、李亚伟、万夏、柏桦、赵野、胡东、尚仲敏、龚巧明、张枣等这些校园诗人至今都在中国文坛有着广泛的影响。

　　编完本期四川高校校园诗人的作品，我有如此想法：这些作品虽然不会一鸣惊人，但可看出四川诗歌是后继有人的。人性，或者人性的本能已经在他（她）们的情感世界和内心世界显露出来。愿他（她）们坚持自由的诗歌理想，走得更加遥远。

三

　　杭州是一座诗意的城市，许多文人墨客曾在这里留下诗文。80年代诞生的《北回归线》和现在的《诗建设》已经永远地刻在我的脑海中了。这期《学苑》,我们特别邀请杭州越读馆的郭初阳老师组稿了杭州的小学、初中和高中学生的诗歌,这位在国内语文教学中颇具影响力和独辟蹊径的独立教师,深知诗歌在语文教学中的意义。这一期的作品,是杭城孩子们才华与能力的凝聚,也是六月初儿童节日的小小的回音。

四

打开电脑,再次阅读云南高校校园诗人的这些作品时,我的眼前反反复复地浮现着晓雪、于坚、海男、雷平阳、王单单等闪光的诗人的名字。是的,依次再读这十六位的作品之后,我产生了这样一个基本的认识:年轻的诗人从自身所处的生活空间、视野空间开始,将这么多充满象征意义的诗句和独特的意象组合在一起,让我们不难发现,他们外在物象与内在情绪之间形成了独立的精神个体。

如今,除了诗人,还有谁可能成为那个"心有灵犀"的人?面对沉默着的存在之物,面对我们存在的世界,我们又能知道多少?

也许是我对他们的作品读得太少的缘故。从我个人的感觉来看,这十六位校园诗人的诗歌主题还是有些单一,诗歌的语言方式也还不够灵动,似乎缺乏一种令人震惊的效果。但我相信:他们的精神存在是一种生命和灵魂的表征,他们会走得更远!

五

我们的国家正处于一个经济高速发展、文化活力和自信心上升的时期。汉语诗歌的繁荣理所应当顺着时代的变化，在近百年的时间里完成了新、旧诗歌体例的转变，把新诗创作自由地推上了前沿。经过一代又一代诗人的不断努力，汉语诗歌正在走向成熟。

西南大学 80 年代率先在国内高校成立新诗研究所，眼前这些校园诗人的作品，可以说没有辜负这个时代。他们的这些诗歌对于当下生活的介入，也可以说到了同步的程度。简单点儿说，这些作品随着口语的应用、书写和言说正在趋于统一，叙事功能因此而得到增强，诗歌的自由度也在加大，具有一定的历时性和饱满性。

六

河南是诗圣杜甫的故乡，这片诗意的土地孕育出一代又一代杰出的诗人。当代诗人中，如马新朝、蓝蓝、森子、郎毛、高旭旺、王本朝、艺辛、孔令更等在诗歌创作上都有自己对诗歌的认知和见解。

本期诗作选自河南部分高校年轻校园诗人的作品，虽不能代表河南所有高校年轻诗人的水平，但我们从他（她）们这些诗歌中读到自由的思想和对诗歌的追求与独特的见解，但愿他（她）们在诗歌创作的道路上飞得更高、走得更远。

七

少年心性，天然地与诗亲近，借着诗，可以把灰色的日常生活，抹上鲜亮的生命色彩。本期《学苑》我们邀请了杭州越读馆的郭初阳老师组织江浙的中小学生，尝试现代诗歌的创作。《江南诗》也曾选编过浙江少年诗选小辑，在同龄人中很受欢迎。但愿这期所选编的诗作受到更多人的关注。

八

青海这块诗意的土地，不仅养育出昌耀、白渔、吉狄马加这样的大诗人，还有一大批有创作实力的诗人，如班果、肖黛、马丁、马非、翼人、曹有云等，这些诗人在青海自由地思考，有尊严地写作，在中国诗歌史册上已经留下辉煌的一页。

本期编发的青海主要三所大学的十七位校园诗人的作品不算最佳的精品，但各具特色，可谓青海诗界后继有人。谢谢青海的诗人朋友为组稿提供的方便。由此，我想起了"青海湖诗歌宣言"的承诺："把敬畏还给自由，把自由还给生命，把尊严还给文明，把爱与美还给世界，让诗歌重返人类生活！"

九

绵阳是生长诗歌、孕育诗人的宝地，李白在这里成长，杜甫在这里留下三百多首诗篇。在我的记忆里，80年代举办的"太白诗会"上云集着孙静轩、韩作荣、李小雨、曲有源、李刚、傅天琳、叶延滨、吉狄马加、梁平等一大批老、中、青诗人，"中华校园诗歌节""第四届中国诗歌节""李白诗歌奖"等大型诗歌活动的成功举办在中国文坛已成为一段又一段佳话。如今，活跃在中国诗坛的诗人雨田、蒋雪峰、野川、白鹤林、左代富、马培松、剑峰、杨晓芸、胡应鹏、羌人六、灵鹫、余幼幼、彭成刚等的写作都与这里的自然山水和人文地理息息相关。本期所选编的李白故里——绵阳高校部分校园诗人作品，我认为是值得一读的。

十

优秀的诗歌肯定是源于实际生活的，但是，怎样用诗歌来呈现我们生活的复杂性和悲剧性，这是值得我们每一个诗人思考的问题。阅读山西高校这些校园诗人的作品时，我感觉他们的体验丰富、思维广阔，有一种不可抗拒的精神原动力在涌动、膨胀，我看到他们的成长变得更有意义：爱情、故乡，青春的向往、人的尊严，善良和荣誉，等等，都是这些作品的主题。是的，在这些充满光亮和动人的诗行中，我们看见了一批又一批年轻的诗人在奔走！

十一

诗歌与现实之间永远存在着不可分割的血肉关系。优秀的诗歌除了隐含其社会态度外，还隐含着诗人自己对历史和现实的理解，更隐含着诗人的人格力量，这种人格力量从某种程度上讲是诗人对现实思考的一种态度。我从子晨、向茗、查金莲、卢游、李雅情、宁永顾、莫小雄、秦小川、陈国飞、郭国祥十位江西校园诗人的诗行里读到了他们的现实：一种与自然的亲情和一种对精神的追求。

十二

今年是中国新诗诞生一百周年，全国各地大大小小的纪念活动层出不穷。本刊《学苑》栏目从设立以来一直担负着诗歌现场新生力量的发掘与培养任务，推出了一批又一批从校园涌现的新诗人。本期所选的广西高校诗人祁十木、李富庭、姚刚、黄秋金、吕把阳、韦静、韦诗诗、思小云、叶亮梅、梁宇新的作品，呈示了他（她）们诗歌语言清新、健康和颇具现代意识的写作风貌，虽有稚嫩之处，但如能长期保持好的阅读与练习，未来值得期待。

十三

　　高校是社会的组成部分，对于这点，高校年轻的女诗人们有着极为深刻的生命体验，她们的真情与人生、社会、人类的历史和现实紧密地联系在一起。北京大学李琬的诗歌，除了真挚的情感与语言的结合外，还有很强的艺术感染力；复旦大学张雨丝的诗歌澎湃着一种激情、一种人类之爱和一种深切的人文关怀；四川文化艺术学院栀栀的诗歌构成她自己独到的思想观念和人文精神，其价值在于她的人生顿悟跃上了一个新的台阶；中央民族大学博士生杨碧薇的诗歌，意向独特，语言张力性强，具有超现实主义诗歌的意味；陕西渭南师范学院高短短的诗歌，语言含蓄，内敛抑制，给人以凝重之感；西华师范大学谭燚的诗歌，阳光充溢，充满着青春的活力与理想；杨艳的诗试图从思想上、经验上走出一条自己的路。但愿这七位年轻的校园女诗人站得更高、走得更远。

十四

　　我觉得优秀的汉语诗歌除了给人们雅致、精美的阅读感之外，还应该坚守独创性：让诗歌中那些闪着无限亮光的词语（意象），显得简洁凝练而又独特，让每一首诗都充满着情感的温度和思想的睿智，同时又不乏深入人类的精神内核，使汉语诗歌的光芒照耀全球。

本辑所选编的这十一位中国在读留学生诗人的作品，我认为体现着两个特点，即现代意识和生命意识，这使他（她）们的诗歌既蕴含着丰富的思想内容，又彰显出先锋性的探索精神特质。我相信，他们会把汉语诗歌精神的火种传播下去。

十五

在这个变化的时代，许多人都会自我迷失。我从老朋友蓝冰、董辑和诗评家、哈尔滨师范大学文学院教授陈爱中为本刊组的东三省三十多所高校六十余位校园诗人的作品中，读出了他（她）们在这个时代的精神生存处境。本期所编选包晰莹、胡了了、柒文、冬眠、吴寅民、董轩宇、李文杰等二十位校园诗人的作品并不刻意运用技巧，其语言甚至都有些原生态的粗粝。但我觉得这些作品，依然能给读者带来情感的触动和精神的震撼，更主要的是这些诗歌充溢着无限的悲悯和爱、感怀与思索。

2021-04-13

沈家村读诗札记之三

一

《发现》是2017年新增设的栏目,其目的是重点推出"90后"有创作潜质的青年诗人的作品。本期推出蒙古族青年女诗人苏笑嫣的组诗《山林,少女和流液的月亮》和藏族青年诗人马青虹的组诗《失眠地和他的情人》,都是值得一读的。苏笑嫣是2005年"首届中华校园诗歌节"的获奖者,她喜欢外国诗人里尔克、策兰、特朗斯特罗姆和中国诗人张枣、海子。马青虹大学就读于莽汉诗人李亚伟求学的南充师院(现西华师范大学),他喜欢外国诗人聂鲁达、艾略特、帕斯捷尔纳克和中国诗人海子、张枣、雷平阳。这两位青年诗人或许由于成长环境、教育背景和文化选择的原因,他们更能娴熟地驾驭汉语交流和写作,几乎与汉族诗人没有差别,但我更喜欢两人诗歌中内敛沉静的语言。

二

　　本期《发现》栏目的诗人由上期诗人苏笑嫣和马青虹分别推荐,他们是山东"90 后"诗人马晓康和江苏"90 后"诗人向茗。马晓康有过七年留学经历,一南一北两位年轻诗人在不同的文化氛围之下写作的碰撞,会让我们在一定程度上了解到青年诗人们的写作的多元化探索。马晓康去年 10 月发表在《诗歌月刊》上的长诗《逃亡记》给我留下比较深刻的印象,优秀的诗歌应该保持着独立精神的信念,释放诗人自己的品格,让文本超越价值的意义,让诗意的光芒照亮自己,也照亮他人。这是我阅读马晓康诗歌的感觉。"在诗歌上寻找改变,这种改变也许是只能从内心感受里寻找",这观点凝结着"90 后"青年女诗人向茗诗歌创作的体验和经验。当我们在阅读她的诗篇时,也看见了她宽阔的人性自由和追求独立精神的清晰度。

三

　　诗歌是精神的产物,代表着诗人自己的内心境界。由马晓康推荐的回族"90 后"青年诗人马文秀就读于青海师范大学汉语言文学专业,现为鲁迅文学院第二十八期少数民族文学创作班学员。本刊曾在青海高校诗人小辑里发表过她的短诗《后来》，她的组诗《西风带的抒情歌》不仅有青海乡村的文化背景，更有现代文明元素的视野，其作品的隐喻和精心设计的意象，正在向营造、开掘和构建她自己的诗歌王国迈进。出生在江西南康乡村的刘理海现就读于上海体育学院，电影硕士，他的这组作品由向茗推荐，谁也不会想到一个主攻武侠动作电影研究方向的"90后"，其作品让我感受到他悲悯的内心和谦卑的力量，没有张扬与狂热的呐喊，只有内敛、自省的坚定内心。由此可见，刘理海对日常生活经验的真实体验和敏锐的观察力。不然的话，他的这些作品怎么会这样独具凝重感和穿透现实的力度。

四

我们深知，随着网络新媒体的兴起，如今的文学传播受到了极大的冲击。但我相信，在所有文学体裁中，诗歌是最抚慰人类灵魂的。阅读了由就读于上海体育学院的电影硕士刘理海推荐的浙江宁波星芽的组诗《失踪的蜗牛》后，让我觉得随着经济与生活的多元化，我们诗歌的走向更加纯粹、理性。生活、工作在贵州的布依族"90后"青年诗人李世成的组诗《抑郁探析例》由青海回族青年诗人马文秀推荐。透过这组诗，我们可以看到作者在诗歌中所展现出来的一种天马行空的想象逻辑与秩序，看似随意，却有一种随着时间、空间呈现交错性的规律。

五

无论处于什么时代，在任何语境下，对诗歌写作的尊重，都是一个真正意义上的诗人必须具备的品质。青年诗人的写作，实际上在表达自我经验的同时，更主要的是获得了同代人广泛的身份认同。在获得广泛身份认同的时候，也暗喻着对于时代同质性的理解和同步的生活认知。上期《发现》栏目推出的两位诗人星芽和李世成，在这期分别推荐了春马和柆柆的作品，柆柆的作品除了杂糅了一些现代主义意识外，更多呈现给我们的是一种隐忍的审美。留学日本的"90后"诗人春马的作品密布着柔软的情怀和坚毅的内心，这也许正是他诗歌最重要的审美价值。

六

从本质上讲，真实的现实生活所显现的时代只能是一个事实性的现实生活场景。而我个人觉得，现实并不是自然主义的人类学关注的死东西。我在这里所指的现实，是诗人原发意识给予内心某种方式中的，必须在变化中的回忆、体验和感悟。诗人的体验总是带着浓厚的诗意，把现实生活最为客观的一面当作内心感悟向更深层次的精神境界推进。由上期本栏目诗人柆柆推荐的大凉山"90后"彝族女诗人吉布日洛的组诗《木头人的礼物》，从不同的体验和不同的角度触及诗人自己的灵魂。由上期本栏目诗人春马推荐的出生于江西临川，现就读于中国戏剧学院寒友的组诗《还乡或入藏》，通过这组诗歌，看到了寒友那种被现实生活给予的原初所带来的感知、意象和抒发情感的方式，实际上是回到从现实生活到诗意提升的在场境界。

七

回首 2017 年度，本刊新开设的《发现》栏目，苏笑嫣、马青虹、向茗、马晓康、马文秀、刘理海、星芽、李世成、柆柆、春马、吉布日洛和寒友这些"90 后"青年诗人就像诗空里的星星，一颗比一颗闪亮。他（她）们的作品各有特色，可以说中国诗歌是后继有人的。由寒友推荐出生在西部甘肃庆阳的黎子的组诗《没有声音的黎明》，具有鲜明的女性现代意识和强烈的现实性。这组诗以"爱情与孤独"为主题，可见诗人自己营造的意象之独特，想象之大胆。由吉布日洛推荐生于贵州纳雍，毕业于四川大学，现北漂在京城的左安军的组诗《影子的囚徒》，有着广阔的、强有力的公共性，其诗歌写作借助想象力、直觉力、内听和内视的能动力特别强，这样的写作值得提倡。

八

春节前后，我反复阅读着去年本刊《发现》栏目推出的几位"90后"诗人推荐的十几位"90后"的作品，最终选定贵州布依族青年诗人李世成推荐的中央民族大学现当代文学硕士研究生马小贵的组诗《天使与挽歌》和粒粒推荐的苏州大学医学院张意临的组诗《风中的芦苇》。马小贵的这组诗歌，我认为是有声有色的实体，借用一句歌德的话说"它是一种犹豫的、游离的、闪耀的影子"。张意临的组诗《风中的芦苇》更多地着眼于对象事物的关系，还有就是价值与意义，我从他（她）俩的这些诗歌感受到了人性的美和自由。

九

随着社会的发展，文明的不断进步，作为艺术载体的诗歌也在不断地发生改变。比如诗人的自觉意识、独立思考、对现实的追问等。身边的诗人经常谈到这样一个话题：担忧现在的诗歌门槛太低，让诗歌失去了它本该有的品质和价值。我想，保持诗歌的品质，不仅关乎语言的技艺，也关乎诗人的独立思考。本期《发现》栏目推出谭雅尹和霁晨两位年轻诗人的作品，分别由上期《发现》栏目诗人推荐。谭雅尹的组诗《大海的幻觉》具有象征主义诗歌的特质，作者采用隐喻和暗示，甚至带有一些神秘主义倾向。霁晨的组诗《散步者笔记》与现实生活、日常生活非常接地气，当然也包含着对人性的体恤和关怀。我在这里祝两位"90后"诗人：坚持自我，在诗歌道路上走得更远。

2021-10-02

海子和他的诗

2009年3月26日是诗人海子逝世20周年的纪念日。我在西南科技大学主持"诗意的春天——纪念诗人海子逝世20周年诗歌朗诵会"时,开始就朗诵这首《亚洲铜》,在这里我同样将《亚洲铜》作为今天的开场白:

亚洲铜　亚洲铜
祖父死在这里　父亲死在这里　我也会死在这里
你是唯一的一块埋人的地方
亚洲铜　亚洲铜
爱怀疑和飞翔的是鸟　淹没一切的是海水
你的主人却是青草　住在自己细小的腰上
守住野花的手掌和秘密
亚洲铜　亚洲铜
看见了吗?那两只白鸽子　它是屈原遗落在沙滩上的白鞋子

让我们——我们和河流一起　穿上它吧

亚洲铜　亚洲铜

击鼓之后　我们把在黑暗中跳舞的心脏叫作月亮

这月亮主要由你构成

其实，海子没有来成都就与四川诗人徐泳有过交往。这个叫徐泳的诗人，原籍四川万源县，1983年以四川省高考文科状元身份进入北大。徐泳和海子同年，大约是1986年春夏之间，徐泳去拜访海子，还在昌平住了好几天，两人还一起步行到过十三陵，一路上谈论诗歌。徐泳当时是北大《启明星》主编，写过80年代有影响的诗歌《矮种马》。1987年大学毕业，徐泳被分配到四川日报社工作。20世纪80年代末，地属达县的《巴山文艺》的刊中刊《启明星诗卷》突然大量发表国内最为前卫的一批诗人的作品，也是他替《巴山文艺》主编李祖星代为约稿的。

80年代，中国的两个诗歌重镇除了北京就是四川。1988年3月，海子带着自己的《土地篇》来到四川，他此行的目的是想会一会之前通过书信联系的四川诗人们，想听听他们的意见。那时流行"以诗会友"。海子那次在四川面见了众多在中国诗坛有影响的四川诗人，和他们不分白天黑夜地谈论诗歌话题。

3月底海子到达成都，住在四川诗人尚仲敏的家里。尚仲敏当时在成都水电学校教书，有一间房子、一张床，在大概一周的时间里,他几乎与海子朝夕相处。白天他带着海子去拜访成都诗人杨黎、万夏、翟永明等。到了晚上,两个人买些下酒菜,就着1.1元一瓶的沱牌曲酒通宵达旦地长谈,有时一起打坐、冥想,试着用意念和禅语交流。但是海子却遭到了四川诗人的批评,幸亏当时尚仲敏给了他鼓励。回到北京以后他对骆一禾说"跟他们谈不下去"。后来尚仲敏公开发表了一篇措辞严厉的批评文章,使海子发出"人怎么是这样的呢?"的感慨。

那次四川之行,海子认识了欧阳江河。欧阳江河当时住在四川省军区大院,当时他是军区政治宣传干事,能够大段大段地背诵读过的深奥的理论书中的内容,而且让人感觉不到是在背诵,好像那些内容都是他思考出来的。从80年代的《悬棺》《玻璃工厂》《汉英之间》起,欧阳江河的诗歌写作强调思辨上的奇崛复杂及语言上的异质混成,强调个人经验与公共现实的深度联系。欧阳江河当时刚从北京回来,和海子的同学、《十月》的编辑骆一禾见过面。

后来欧阳江河回忆,是《四川工人日报》的钟鸣把海子带到他那里去的,去之前海子在和石光华、万夏他们几个喝酒。石光华、尚仲敏他们几个就批判他的长诗《土地篇》,弄得海子很难受,就喝了很多酒。海子把这首诗带到成都来,是因为在北京得不到承认,想在成都找同行承认。他拿到欧阳江河这儿来,欧阳江河认为海子最好的诗是他的短诗,但是当时欧阳江河看了这首诗之后倒觉得这首长诗尽管不成熟,还是体现了一种抱负。海子到欧阳江河那儿的时候酒也有点儿喝多了,就在欧阳江河那儿倾诉苦衷,然后在那儿发牢骚。他们谈了两个小时,欧阳江河当时闻到酒味,就把窗户打开,结果风一吹,过了两三分钟海子就呕吐了,欧阳江河赶紧打扫,钟鸣之后就离开了。欧阳江河和海子就到另外一个单间,聊到四点钟。欧阳江河问他对四川的看法,醉意中的海子说你们成都的植物太嚣张。分别时,欧阳江河送给海子一张照片,上面写了"海子留念,欧阳江河。1983年9月摄于九寨沟"。

1988年4月份,他来到乐山,在大佛前留影。是因为海子喜欢宋渠、宋炜的长诗《大佛》,这也是海子唯一在佛前的留影。然后继续南下,到了川南沐川,宋渠、宋炜两兄弟热情地接待了他,并且给了他一个小房间,海子在宋家的房山书院住了近两个星期。海子在宋渠面前表演过气功。在沐川,据说算卦很准确的宋炜给海子算了一卦。宋炜的结论是:海子的诗歌对他自己形成一个黑洞,进去以后很难出来;海子有女朋友在四川,但他们不可能在一起。海子听后没有表示。

房山书院门口是一条小溪,背靠郁郁葱葱的青山。它共分四部分,进门是一座小巧的花园,接着便是几间大瓦房,其中两间用作藏书和居住。穿过几间大瓦房,就是一座很大的花园和一排厢房,花园里有几棵樱桃树和一些花草。海子在那里留过影。沐浴着和煦的春风,海子在这里继续他的《太阳》创作。

两个星期后,海子到成都,住在万夏处。万夏当年坐北朝南地住在成都的古卧龙桥街成都市物资局宿舍,街左边是整体主义理论家石光华,街右边是非非主义创始人蓝马。海子在和万夏喝茶的时候说自己已经打通了小周天,还将自己的手虚放在万夏的手上,问万夏感觉到气没有?万夏说有气啊。但这个话题似乎没有深入。

海子当时还参加了西南财经大学的一次诗会。在女诗人翟永明发言后,主持人介绍海子是从遥远的北京来,应该让他说点儿什么,可海子腼腆地谢绝了。吃饭时大伙儿比赛想象力:天堂是干什么的?天堂里有什么?后来海子回北京跟骆一禾和西川吹牛:他的想象力最棒,他把别人全"灭"了——这是一个骄傲的海子、人性的海子。

但是海子1988年上半年来成都,四川诗人表现得不很热情。钟鸣在他的《旁观者》一书中说他曾经见过海子一面,他说海子给他的印象是太过纯粹,另外他曾对海子说海子的短诗写得很好,但长诗、史诗没什么价值,海子听了以后非常失望。这一方面是因为四川诗人的恃才自傲,另一方面是因为海子本人的沉默少言和过于内敛的性情所致。当年的诗坛纯粹是一个江湖,所谓大侠辈出,各种豪杰横空出世,诗人相见往往对酒当歌、壮怀天下。而海子则显得玉树临风、儒雅得太书生气。尽管他才气逼人、智慧的光芒在举手投足中仍能划过那个时代的黑夜,但他的确与四川诗人显得格格不入。海子更多的时候像个知识分子、像个思想者、像个人类苦难的守护神。尽管他当时穿着一身牛仔服,头发还很长,外表时尚而叛逆,但在本质上仍是个内秀甚至羞怯的年轻人。

1998年4月25日，海子找到《十月》的骆一禾，谈论到四川的感受，海子觉得受到非常多的委屈。

没有见到海子之前，我在1985年由万夏主编的《现代诗内部交流资料》读到海子的短诗《亚洲铜》，后来又在《十月》、内蒙古《草原》杂志的《北中国诗卷》读到过海子写乡村的一些诗歌。说句心里话，除《亚洲铜》外，他的其他抒情诗没有给我留下很深的印象。1988年11月，我流泪写出长诗《四季歌》《麦地》，感觉整个身体像被掏空一样，我又一次爬上北上的火车，再次浪迹北京。就是1988年11月的一天上午，我在《十月》编辑部会客室和朋友骆一禾交流时，骆一禾对我说，"海子知道你到北京了，他这几天心里难过，你们四川尚仲敏写文章在批评他"。说着骆一禾就进他的办公室拿出刚收到不久的《非非》理论卷和作品卷（指诗歌），翻开理论卷给我看那段文字，我才明白是怎么回事，在骆一禾的劝说下，我第二天上午就乘坐公共汽车到北京郊外的中国政法大学昌平新校区去看望在那里当助教的海子，我们之前没有书信往来，但我们那次一见如故，好像有多年的老交情，什么话都谈，诗歌、女人、戏剧和北京诗歌界互相争夺话语权的丑闻。海子看了我随身带的长诗《麦地》时赞不绝口，于1988年11月25日特写信推荐给深圳的徐敬亚——他当时正筹备编《中国现代诗十年选》。

这封信是著名批评家、诗人徐敬亚2009年3月接受《深圳商报》纪念海子逝世20周年专版采访时公布的海子手迹原稿：

敬亚兄：

你好。

寄去的稿子想已收到。

四川绵阳的雨田是一个好兄弟，诗也好，我把他介绍你。并让他寄一些诗给《中国现代诗十年选》。

紧握

海子

88.12.25

本来我和海子约好1989年夏天他放暑假，我陪他去登剑门关，然后再步行去九寨沟，结果等来的却是他自杀的消息，接着朋友骆一禾去世。1990年，为了纪念我和海子、骆一禾之间的文学友谊，我写过一篇长达万字的文章《死去的中国诗人》发表在《名城诗报》上，竟惹来追星者千里之外跑到绵阳偷走海子当年送给我的签名照片，后来那个追星者复印几张把原照片又寄还给了我。

1990年9月，我向《青年诗选》的编辑韩亚君推荐海子、骆一禾等诗人的作品。10月5日，中国青年出版社的编辑韩亚君寄给我的《青年诗选》约稿函空白处写下这样的文字："雨田兄，请按要求将一禾、海子的诗作及其他整理好并寄给我，我将尽力而为。说心里话，你让我感动。当今之时，人在世都很难交往，何况已故去了的人呢？"这是因为此前我特别推荐诗人朋友海子、骆一禾、陈虹、何小竹等几位朋友的诗歌给韩亚君，希望《青年诗选》第六辑能收入他们的作品。书出来没有海子的作品，朋友韩亚君来信说他按我的要求编选了我寄给他的海子的诗歌，终审时被拿了下来，原因非常简单，因为海子是自杀死亡的。

其实，时任中国青年出版社的总编辑许岱在1992年9月13日写给我的信已经说明一切。这里我将此信抄录下来："……你的挚友海子的诗，由于非所属年代，不好收集，抱歉。从这里可以窥视您重情谊，这是令人感佩的。"

事隔三十多年，几乎每年三月全国各地都有纪念海子的诗歌活动，说句发自内心的话，人们对海子诗歌的纪念行为我是敬佩的，正是这种纪念，使我们这些热爱诗歌的人再一次继续收获这位不幸者之死亡的诗歌留给我们的另一种新的启示。今天我们无论是谈论海子的诗，还是谈论海子这个人，都会感到时代的沉重，也感到一种对生命对天地物的敬畏。

2021-09-11

游荡在记忆与记忆之间

一

如果我的记忆没有出错的话,20 世纪 80 年代是一个理想的年代,国内大江南北的诗歌活动,更像是一场难以忘怀的文学界的思想解放运动。

记得 1987 年夏天,《诗刊》在青岛举办全国青年诗人改稿笔会,参加者有北京的邹静之、上海的张烨,河北的穆涛,安徽的祝凤鸣,东北的孙大梅,浙江的张晓红、余力佳,四川的我和孙建军、白连春等三十多位青年诗人。活动结束后,我陪余力佳在北京的故宫、圆明园和长城走了一圈之后突然觉得内心有一种凄迷的空蒙。是的,我的肉身游荡在京城时,有一种说不清的寒栗像风一样穿心而过,真让我陷入荒漠或记忆的沼泽地……

在青岛、北京,与《诗刊》主编杨子敏和诗人、诗评家宗鄂、朱先树、雷霆、丁国成、唐晓渡、王家新、姚振函等交流后，我对自己当时的生活现状和写作状态，以及现实生活中种种琐屑中包含的生命的悲哀，无助的痛苦等都无力表达出来。我感到自己的心灵被一种画地为牢的生活现实所挫败，仿佛有一只无形的手，正在撕裂着我滴血的伤口。我不仅一次与同行交流说，"凭感情写诗，凭良心做人"才是我本真的追求。

二

在人们的记忆里，80年代中国诗歌三大重镇分别是北京、四川和内蒙古。北京的"今天""幸存者"等诗歌圈十分活跃，四川的"非非""莽汉""汉诗""净地"等诗群流派民刊四起，而内蒙古公开出版发行的《草原·北中国诗卷》《诗选刊》，其实就是当时诗歌黄金时代的宫殿。

也许是因为诗歌。在北京游荡几天后，我的第一个想法就是去内蒙古的呼和浩特，到诗歌殿堂去朝圣。《诗刊》的编辑宗鄂是我的老乡，他和当时《草原》的主编陈广斌是好朋友。宗鄂告诉我："陈广斌是个诗人，也当过兵，你们会有共同的语言。"

1987年7月29日，我带着宗鄂给陈广斌写的路条（一封信）在北京站登上了开往呼和浩特的绿皮火车。其实我在1986年夏天就见到过《草原·北中国诗卷》第一期，记得当时是廖亦武从涪陵到绵阳在我家里拿给我看的。这期《草原·北中国诗卷》有三位四川青年诗人的作品（廖亦武的《大循环》、何小竹的《鬼城》、石光华的《属于北方的》），同期还有海子的诗剧《遗址》、江河的《诗五首》，差点儿忘了，这期头条是内蒙古青年诗人成子的组诗《你奔腾抑或凝固呢？我的敖鲁古雅河哟》。

现在，回想那段物质生活贫乏、精神创造勃发的岁月，我的内心还真的有那么一点点自豪与自信。

三

游荡在呼和浩特的日子里，生活、工作和居住在这座北方城市的不少诗人、作家给我留下了太深太深的印象，至今都难以忘记。

时任《草原》主编陈广斌沉稳，但待人热情，初次交流言语不算太多。后来，我与他交流的话题多了起来，我才觉得他是一个对文学非常有独特见解、有才情、有生命活力的真正的诗人、作家。他话语极富有文学创作的独到思维与启发性，激情四溢，而令人难忘。

蒙古族诗人阿古拉泰，他当时是内蒙古人民出版社《诗选刊》的责任编辑。那天，我顶着烈日在呼和浩特新城西街82号《诗选刊》编辑部见他时，他特别忙，坐在堆满书稿和书刊的办公桌前，边校对书稿边与我交谈。他挺拔高大的身板如草原上的风，给我这个陌生的游荡者以亲切之感。不知为什么，我当时就觉得他是一个能做大事的诗人。

鄂尔多斯出生的尚贵荣，1982年从辽宁大学中文系毕业就被分配到《草原》做编辑，他年轻有思想活力，工作积极肯干，《草原·北中国诗卷》一开就能与编辑部主任赵健雄达成共识。在呼和浩特的几次交往中，我觉得他在写作上从来就是走自己的路，绝对不去跟什么风，这或许就是他本人的特有优势吧。

赵健雄是因创办《草原·北中国诗卷》名声大振的。因此，诗坛各路豪杰只要到呼和浩特都要拜访他。我去见他时，是青年诗人、内蒙古师范学院中文系的教师蓝冰陪我去的他家。赵健雄是个见过世面的人，开始写作的时间比较早，很早就发表过小说。我在和他交流时，觉得他说话、做事特别有底气。更值得一提的是他在办《草原·北中国诗卷》时特别注重发掘内蒙古本地诗人，由此他受到很多人的尊重。

方燕妮是我在呼和浩特见的唯一的一位女诗人。初次见时她有些腼腆，不善言辞也没有感觉她有多大的诗才，但她特别漂亮，那双明澈透亮的眼睛给我留下了深刻的印象。后来，读了她的诗歌才发觉她不仅有诗才，而且表现手法也特别独特。方燕妮的诗歌与她本人一样大气，字里行间无不显出女人的优雅与一丝丝感人的忧伤情怀。

内蒙古师范学院的蓝冰很率真，说话快言快语，对人特别热情。我在呼和浩特的几天里，他基本是全程陪伴。我与他在他们学校的集体宿舍，每天晚上都是喝酒谈诗到深夜。蓝冰写诗不是很高产，但他当时诗歌的语境和意境是极富有艺术生命感染力的。

经诗人南野介绍，在没有与《诗选刊》的编辑雁北（薛景泽）见面时，我俩就有书信往来。雁北真诚、善良，他对诗歌的痴迷应该与他的自信和价值判断有关。不知为什么，我觉得他的内心是孤独的。难道是他自己管不住自己的舌头，管不住自己的酒量吗？记得有一天晚上，在他家遇见了诗人海子的恋人小武（雁北的前妻姓武，这个小武是他前妻的亲妹妹）。我们边喝酒边谈天说地，我忘了谈到什么话题，雁北突然激情飞扬，说了看不起某某诗人、某某作家的话。小武小声地对我说："我姐夫就是这样的个性。"而我却认为，这才是雁北最真实的一面。

随后，我经包头、银川，去西宁、兰州等地与诗人昌耀、白渔、马学功、李老乡见面、交流。

四

我至今都还保留着游荡在呼和浩特时随身带的签名本。现将部分诗人的部分题词的相关文字抄录下来：

相会在遥远的北中国
——粗犷、豪放悠远的牧野，
愿你是一匹骏马！

陈广斌 1987 夏于呼和浩特

请转告南方的姑娘,
拉住我的手,来我的
故乡,古力番——
夏天是凝冻的海洋!

雁北　87.8.2

在这个世界上,
除了艺术和女人,
我们活着有什么意义呢?

蓝冰　87.8.2

给你一个"!",
还有一个",",
但愿你能读出来!

方燕妮　8.3

宁静以致远,
淡泊地行走,
愿您的胡子长得更潇洒。

草原汉子　默然　87.7.31 日

五

说真的,80 年代《草原·北中国诗卷》和《诗选刊》的影响力比北京的《诗刊》《人民文学》要大些,是无数诗人向往的诗歌圣地。让我欣慰的是,《草原》1987 年 11 期(《北中国诗卷》6期）的《人生片段》栏目发表了我的短诗《画像》，同期同栏里还有韩东、陆健、陈东东和小海等诗人的作品。《诗选刊》1987年9期选发了《巴山文艺》1987年2期上我的组诗《苍茫岁月》。

再后来，《草原》1990年2期发表了我的主题散文诗《写给我苦难的爱情》（三章）；《草原·北中国诗卷》2005年5期推出"后非非特辑"，我的诗歌《初春的雪》打头阵；《草原·北中国诗卷》2008年4期发表我的诗歌《回到村庄》（五首）；《草原·北中国诗卷》2017年9期发表了我写家乡风土人情的组诗《家乡风物志》；《草原·北中国诗卷》2018年12期《大家诗范》栏目发表了我2017年秋天在鄂尔多斯采风时写的组诗《秋风游荡的鄂尔多斯》。

这些年在一些文学活动上，能与现任《草原》主编阿霞、诗歌编辑敕勒川面对面地交流是我的幸事。阿霞主编办刊主题鲜明，她的敏锐思维就是要把《草原》办成影响巨大的刊物。

我年轻时，曾在内蒙古的巴林右旗服过几年兵役。前些年，去过包头、鄂尔多斯等地，我的灵魂深处对内蒙古的山水、人文地理情有独钟。更何况《草原·北中国诗卷》是一代又一代无数诗人向往的诗歌圣地。

这里我只想说，《草原》是我的精神家园！

2020-07-26

写作的命运（代跋）

一

写了这么多年的诗歌，我学会了怎样做一个普通的人，因为诗人首先是人而不是什么神！我早在20世纪80年代初就非常清楚这一点：诗人身上有许多无法改变的东西，这很可贵。当年我并不知道那些无法改变的东西很可贵，我由此还特别失望过。也许我跟别的诗人不一样，我是在肉体和精神饥饿的时代开始进入诗歌写作的。我知道，生活中我能理解的东西不是我能够写出来的东西。我活着，从不为自己的生存担忧，我的要求并不高，只要命还在，我就会去关注生命和生命中的一些想法及生命的意义。

二

记不清是哪年，我常常在深夜里被噩梦惊醒，便难以再次合眼。这种情况持续了五六年之久,我惊疑地发现自己的生命已经在黑夜里消失。记得有一次,凌晨三点左右被噩梦惊醒后,我惶惑地看着窗外苍白的月亮像无法阻止的流水在消失,就像我的生命在消失一样,也正因如此,我唯一关注的只有人的生命,这也是我写悲剧主题的原因之一。

没有悲剧就没有活着的意义,没有活着的意义就没有崇高的精神,我一直坚信诗人的生命是穿越废墟的过程,或许这种穿越是在创造着某种永恒。

真正的诗人才是世界上最痛苦的人。诗人自由的写作不等于诗人拥有自由的精神。而我的每一行诗都在构建着我的生命。有生命意义的诗歌不应该是霸权话语下的经典,而是一条奔流不息的河流在我们面前喧腾着。

三

熟知我的理论家周伦佑认为我是中国"整个 90 年代一直坚持写作,并在诗艺上不断突破自己,取得创作实绩的一位实力诗人"。其实我在 80 年代也写出过一些不错的诗歌,如《黑风·流浪者》《乌鸦·下雪天·一只狗》和长诗《麦地》等都在海内外产生过较大的影响。实际上我是长期在沉默中坚持诗歌写作的,可能很少有人知道我历尽着生活与写作的双重"磨难"。这些年里,我关注的是当下的现实及其个人的生存处境。做大师不是我的梦想,我只想在有限的活着的时候,活得有血有肉，有骨气有良知，用我的诗歌去与世界对话。

四

有的人把诗人说成是一种文化动物。只要我们仔细地想一下，我觉得这话有一定的道理，如果你不想做一个低级的文化动物的话，你就得用滴着血的心和生命去思考，去写作。作为诗人来说，我们没有选择的权利，我们的肩上已经负荷着良知的重担，这真的不是我们诗人的不幸。

生活中有许多的东西我们是不能"看懂"的，但我们的诗歌应该是真实的，给人们以烛照，以温暖。

五

我还是坚持自己多年的观点：优秀、杰出和伟大的诗人应该有历史感和使命感，在无情的现实面前始终保持清醒的头脑，敢于说真话。诗歌的真实才是诗人的生命。我相信这一点：有的人对历史的认识永远是有偏见的，而诗歌无所谓偏见，在写作中，我们应当提倡历史的见证性。所以我曾说过这样一句话：优秀的诗歌并非历史，应是历史的见证！我十分讨厌那些庸俗的诗人和庸俗的诗歌，我喜欢那些真实的诗人和真实的诗歌，因为真实的诗人和真实的诗歌有血有肉。

六

2002年夏天的某个下午,我突然接到中央民族大学敬文东博士的电话,他说他在绵阳,希望能与我见上一面,我二话没说就答应他了,我们相约四十分钟后在芙蓉溪旁边的李杜祠里见面。我知道敬文东是四川剑阁出去的诗人,曾写过一首名叫《剑阁》的诗,我在几年前读过,极有印象。我们在李杜祠里交谈时,他问我说:"四川那么多诗人都在京城(指北京)、成都等地干起了书商,而且都发了财,你怎么还一直待在绵阳?"我当时没有正面回答他。说实在的,我们80年代成长起来的诗人一直处于一种两难境地,别人做什么与我无关,我只能选择写作选择诗歌。在现实的生活面前,也许我活得比别人尴尬一些,但我觉得我的那些诗歌比金钱、地位都重要,所以我觉得我的选择没有错。

七

真的不可思议:这些年里,我极力保持诗歌心灵的纯洁和本真,这是让人吃惊的。对于诗人来说,我们不可能仅仅为了痛苦写诗。在精神的黑夜,真正的诗歌就像熊熊的火炬,照亮并催醒了前方的道路。

诗歌的命运掌握在诗人的手中,没有诗人就没有诗歌。诗人的精神家园只能是诗歌而不是别的什么。

八

在我们的日常生活中，绝大多数人的确不需要诗歌。而我们也没有什么理由去强迫别人热爱诗歌，读诗或写诗纯属个人的自由。作家林贤治曾经说过这样一句话："自由与自由感是不一样的，一个诗人，惟其有了自由感，喂养的诗歌才会飞翔，即使折断了翅膀依然飞翔。"其实，我想要说的话是多么简单：所有这一切都不重要，重要的是作为一个诗人，一生中应该给这个世界留下些什么。从根本上来说，一切人为的外在的东西都毫无意义。诗人只能回到心灵，回到生命的真实状态，保持本性的纯洁，诗人生命的痕迹才能变得更加真实。

2022-04-15